박상률의
청소년문학
하다—!

박상률의 청소년문학 하다!

십 대와
함께한
20년,
청소년문학
평론집

박상률 지음

㈜자음과모음

차례

제1부 청소년문학 들여다보기

제2부 청소년소설의 다양한 요소

제1부

청소년문학
들여다보기

위태로운 것은 청소년일까,
청소년문학일까?

목련이 피었다 지고, 벚꽃이 피었다 지고, 개나리는 여전히 피어 있다. 진달래에 이어 철쭉도 피어 있다. 집 마당에, 담장에, 길거리에, 산에, 온통 꽃이다. 바야흐로 봄인 것이다. 꽃들은 상당 기간 피어 있는 기간이 겹치기도 하지만 다들 저마다 꽃 피는 시기가 조금씩 다르다. 꽃들은 봄 햇살이 내리쬐고 봄바람이 불어오는 걸 느끼면 자신이 피어 있어야 하는 시기를 용케 안다.

이른바 청소년이라 일컫는 아이들의 모습도 봄에 피어나는 꽃들과 별반 다르지 않다. 사람의 일생을 두고 볼 때 봄에 해당하는 시기를 사는 이들이 청소년들이다. 자연의 봄이 그렇듯이 인생의 봄 또한 온갖 것들이 살아나는 시기이다. 그러기에 꽃만 아니라 청소년들도 제각각 다른 모습으로 자신의 모습을 보여준다.

봄꽃이 저마다 다른 모습으로 피고, 피는 시기도 저마다 다르듯이 청소년도 열이면 열 모두 다른 모습으로, 제각기 개성이 다르다. 김유정의 작품에서 동백꽃으로 묘사된 생강나무는 멀리서 보면 노랗게 피어 산수유와 비슷해 보이지만 가까이서 보면 생김새나 냄새가 다르다. 전혀 다른 꽃인 것이다. 청소년 또한 비슷해 보여도 아이마다 다른 성질과 모습을 지니고 있다.

요즘 청소년의 행태와 모습을 두고 어른들은 혀를 끌끌 차거나 눈살을 찌푸린다. 청소년문학을 하는 나도 그러할진대 일반 어른들은 오죽할까? 하지만 정작 청소년들은 아무렇지도 않다. 그 시기엔 조금은 다 위태로워 보인다. 그러나 그렇다고 해서 막무가내로 위험한 것은 아니다. 아직은 사납고 찬 기운이 묻어 있는 봄바람에도 꽃을 피우듯 청소년들도 저마다의 꽃을 피우느라 그럴 뿐이다.

봄꽃이 획일적으로 피어나지 않듯이 청소년들도 획일적이지 않다. 그런데도 어른들은 청소년들에게 획일성을 강요한다. 다르게 피는 꽃을 보기 힘들어하는 것이다. 꽃은 피는 시기도 조금씩 다르기도 하지만, 마당에 피는 꽃, 담장에 피는 꽃, 거리에 피는 꽃, 산에 피는 꽃이 다 다르다. 이들을 전부 화원 비닐하우스에 몰아넣고 한꺼번에 꽃을 피우라 할 수 있는가? 그런데 청소년들에겐 그런 걸 요구한다. 학교가 화원의 비닐하우스 아닐까?

꽃을 믿듯이 청소년들을 믿을 일이다. 봄볕이 며칠 좋아 일찍 고개를 내미는 꽃이 있기도 하지만 이내 곧 꽃샘추위에 뜨악해하기도 하고, 봄바람이 조금만 불어도 꽃 피우기를 저어하는 꽃도 있지만 마침내는 때를 알아 꽃을 피운다. 청소년들도 이와 같지 않을까? 사람이 꽃보다 아름답다는 노래도 있지 않은가!

청소년문학을 하는 이들은 아이들의 겉모습에 일희일비할 것이 아니라 좀 더 근원적인 것에 신경을 쓸 일이다. 청소년문학의 문학성 내지는 예술성을 높이는 일에 매진해야 하는 것이다. 청소년을 탓할 게 아니라 문학을 하는 자신을 더 탓해야 한다. 사실, 요즘 위태로워 보이는 건 청소년보다 청소년문학의 작품성이다. 요즘 청소년들의 모습을 그렸다 하지만 거개가 피상적인 청소년 상을 보여주고 있으며 작품의 언어 또한 거칠어 두고두고 음미할 만한 것이 별로 없기 때문이다. 이 대목에서 느닷없이 프랑스의 인상주의 화가인 드가가 어느 날 상징주의 시인인 말라르메와 주고받은 말이 떠오른다.

드가 나는 말이지, 생각은 참 많은데 시 쓰기는 어렵단 말이야.

말라르메 그래요? 그런데 시는 말이죠, 생각으로 만드는 게 아니라 말로 만듭니다요.

그렇다. 시는 생각만으로 되지 않고 말로 표현되어야 한다. 드가가 즐겨 그린 발레리나 같은 움직이는 인체의 역동적인 모습도 소묘 따위의 회화 기초를 통해 인물이나 사물을 보는 방법을 파악하는 데서부터 출발하듯이 시도 마찬가지이다. 어떤 현상을 보고 떠오르는 수많은 생각 가운데 대상과 상황에 들어맞는 언어를 고르는 기초 과정을 거치고, 이어 몸 밖으로 내민 언어를 다듬고 또 다듬어야 마침내 시가 되는 것이다.

언어를 다듬다 보면 시인의 생각이 언어에 실린다. 시인은 생각만으로 세계를 구성하는 게 아니라 언어로 세계를 구성하기 때문이다. 청소년문학을 하는 작가들이 새겨들어야 할 말이다. 그런 차원에서 볼작시면 청소년문학가들은 요즘 청소년들의 삶을 안다고 자만해서도 안 되고 자신만의 언어를 갖추는 일이 더 급선무다.

좋은 풍경이 풍경화가를 만드는 게 아니라, 좋은 풍경화가 풍경화가를 만든다는 말이 있다. 풍경화가가 되기 위해선 좋은 풍경을 구경하는 것보다는 좋은 풍경화를 보고 따라 그려보기도 하고, 따져보기도 하면서 풍경화에 대한 '기예'를 습득하는 게 중요하다는 얘기일 것이다. 청소년문학도 이와 다르지 않다. 청소년의 겉모습을 보고 이러쿵저러쿵하면서 이리저리 휘둘리기보다는 많은 청소년문학 작품을 읽고 써보는 과정을 통해 자신만의 언어를 갖추는 게 더 먼저라는 얘기다.

　청소년문학 하기란 다름 아닌 문학 하기이다. 문학을 하기 위해선 무엇보다도 자신만의 문학적 자산인 언어를 갖추어야 한다. 청소년문학 역시 마찬가지이다. 청소년문학 또한 일반문학과 마찬가지로 언어를 도구로 하는 예술이기 때문이다. 청소년을 조금 안다고 청소년문학이 절로 되는 게 아니다.

　지난겨울 추운 설날 들르고 봄에 이르러선 처음 들른 고향집 마당에 온갖 꽃들이 피어 있다. 마당가 낮은 자리에서 풍성하게 핀 꽃잔디, 뒤안에 농염한 색깔로 활짝 핀 작약, 마당에 들어서자마자 다소곳한 꽃 모양이 눈에 띄며 노모처럼 집을 지키고 있는 카네이션……. 저마다 자기 품성을 겉모습으로 보여주고 있다. 꽃을 보며 꽃 타령을 하다 말고, 나는 마루의 화분에 갇혀 자신의 몸을 잔뜩 움츠리고 있는 화초들을 화분 밖으로 내보내야겠다는 생각에 이르렀다.

　물 좋아하는 앵두나무는 도랑가에 심고, 추운 겨울을 이겨내고 꽃을 피우는 매화는 양지 바른 담장 아래에 심고, 향기가 멀리 간다는 천리향은 마당 가까운 데에 심었다. 그간 사람의 손길에 익숙해져 사람이 물을 주는 대로 받아먹으며 쉽게 꽃을 피웠지만 이들은 이제 자연 속의 비바람을 맞으며, 견디며, 더디더라도 자신만의 꽃을 피울 것이다. 위태로워 보이는 청소년들도 저마다 있을 자리에서 언젠가는 저마다의 꽃대를 피워 올린다. 어른들은 그때가 되기를 기다려주어야 할 것이다. 좁은 화분에 갇혀 사람의 손길만을 기다리는 화초처럼 집안에 가두어 두고 간섭만 할 일은 아닌 것 같다.

멀리서 보니 울타리처럼 담장 아래를 둘러싼 조팝나무의 흰 꽃잎이 아주 정결하다. 가까이 가서 보니 작은 꽃잎에 마치 튀긴 좁쌀을 붙인 것 같다. 청소년의 겉모습과 속모습을 보는 듯하다.

— 〈시와 동화〉 2012년 여름호

어떤 어른이라도 거쳐야 할
열아홉

난 그런 거 몰라요 아무것도 몰라요

괜히 겁이 나네요 그런 말 하지 말아요

난 정말 몰라요 들어보긴 했어요

가슴이 떨려오네요 그런 말 하지 말아요

난 어려요 열아홉 살인걸요

화장도 할 줄 몰라요 사랑이란 처음이어요

웬일인지 몰라요 가까이 오지 말아요

떨어져 얘기해요 얼굴이 뜨거워져요

난 어려요 열아홉 살인걸요

화장도 할 줄 몰라요 사랑이란 처음이어요

엄마가 화낼 거예요 하지만 듣고 싶네요

사랑이란 그 말이 싫지만은 않네요

— 〈나는 열아홉 살이에요〉 이장희 작사 · 작곡, 윤시내 노래

가수의 목소리가 청아하다. 윤시내가 옛날에 부른 노래다. 나중의 윤시내 목소리와는 쉽게 연결이 되지 않는! 당대를 풍미했던 가객 이장희가 작사 · 작곡을 했다. 뜬금없이 이 노래를 들먹인 건 이 노래에 청소년문학의 모든 것이 들어 있어서이다.

물론 작사자는 청소년문학 따위는 조금도 의식하지 않고 만들었을 것이다. 이 노래는 1972년에 최인호가 신문에 연재한 이른바 통속소설 『별들의 고향』을 원작으로 만든 1974년 판 영화의 주제곡이었다. 그런 배경을 가지고 있는 노래인데 무슨 청소년문학을 염두에 두었겠는가. 얼핏 보면 여느 가요와 비슷한, 그저 그런 사랑 타령일 뿐이다.

하지만 시를 비롯하여 좋은 문학 작품은 시대에 따라, 상황에 따라 여러 가지로 해석될 여지가 있다. 이 노래 또한 그러하다. 비록 통속소설을 바탕으로 한 통속영화의 그저 그런 주제가였지만 청소년문학과 관련하여 음미해볼 만한 것들이 가사 안에 다 들어

있다, 고 나는 생각한다.

까까머리 중학생 시절이던 때에 소설이 신문에 연재되었다. 그때 시골집 아이들 방 벽은 신문지로 도배를 했다. 방바닥에 누우면 신문 연재소설 특유의 말초적인 묘사와 삽화가 윗벽, 아랫벽, 천장에 붙어 있는 게 보였다. 아이들의 눈길은 소설을 따라 벽과 천장을 더듬었다. 그냥 그렇고 그런, 통속적이기 짝이 없는 소설이었지만 인기가 매우 높은 소설이었다. 나중에 영화가 나왔을 땐 영화 주인공의 신세 한탄 같아서 노랫말이 처연하게 느껴지기까지 했다.

그런데 새삼 이제 와서 왜 다른 느낌이 드는 걸까? 그때는 몰랐지만 지금 들어보니 청소년이 처한 상황과 심리에 따른 모습이 잘 그려져 있다. 그것도 아주 절묘하게!

노랫말과 같이 청소년은 그런 존재이다. 사랑이니 뭐니 하는 그런 것 모르고, 그런 말만 들어도 겁이 나고 얼굴이 뜨거워지고, 들어보긴 했지만 가슴이 떨리고, 무엇보다도 아직 어리기 때문에 그런 것 했다간 엄마가 화낼 거라 생각하지만, 사랑이란 소리가 싫지는 않단다! 아, 그런데 그들은 열아홉 살이다.

우리 가요를 보면 열아홉 순정이니 뭐니 하며 열아홉을 찬양한 노래가 많다. 하지만 열아홉 살짜리를 두고 제대로 어른 대접은 하지 않는다. 어른 대접보다는 오나가나 청소년 취급을 당한다.

대한민국에서 청소년의 법적 지위는 참으로 모호하다. '청소년기본법'에서 청소년은 9세 이상 24세 이하인 사람을 이르고, '청소년보호법'에서 청소년은 19세 미만인 사람을 말한다. 그래서 그런가? 열아홉 살이면 보호시설 같은 데서도 나가야 한다. 공적 의견 표명인 공직선거법상 투표권이 주어지는 나이는 만 19세부터이지만 민법상 성년은 오래도록 20세였다. 뒤늦게나마 (2013년부터) 민법상 성년의 나이가 만 열아홉 살로 바뀐 건, 청소년의 조숙화에 따라 성년 연령을 낮추는 세계적 추세를 반영한 까닭이리라.

조선 시대의 소설 『춘향전』에서 춘향과 몽룡은 더 어린 나이인 열여섯에도 어른처럼 놀았다. 하지만 지금 그래서는 안 된다. 세상이 진보한 것 같지만 어쩌면 조선 시대보다 더 후퇴했는지도 모른다. 지금 그 나이는 어른도 아니고 어린아이도 아니다. 그냥 청소년일 뿐이다. 그러나 청소년이라고 어른의 삶에서 자유로운가? 반면에 어린아이 티를 완전히 벗었는가?

노래에선 사랑을 두고 얘기했지만, 다른 것을 두고 볼 때도 어른들의 삶에서 그들은 얼마나 자유로울까? 사랑이란 말을 들어보긴 했지만 정작 사랑했다간 엄마가 화낼지도 모른다고 생각하는 그들을 어린아이라고 할까, 어른이라고 할까?

나는 나이를 말할 적엔 우스갯소리로 늘 열아홉 살이라 말한다. 최근에 낸 책 머리말에도 그렇게 썼다. 그런 이유는 열아홉 살이라는 나이가 1318로 일컬어지는 청소년 시기와 가장 가까워서이다. 이제 막 청소년 티를 벗은 어른. 아니, 아직 청소년 티가 나는 어른. 그게 열아홉 살이다. 청소년문학을 하는 어른은 청소년 그 자체는 아니지만 모름지기 청소년과 가장 가까운 나이 대에 머물러 있어야 한다, 고 나는 생각한다. 그래서 나는 열아홉 살이 좋다! 자칫 위태로워 보이지만 어느 어른이든 거치지 않을 수 없는 나이, 열아홉.

— 〈어린이와 문학〉 2012년 10월호

열네 살을 응원하는
나의 문학

내 이름은 소녀라니? 노래를 부른 이는 어른 여자인데? 과거에 소녀였다는 얘기인 것 같은데 소녀 취향을 아직도 가지고 있나? 소녀 취향? 그게 뭔데? 그런 게 있어. 뭐든 예쁘게 간직하려 하고 감상적인 느낌으로 보는 것 말이야……

어른 여자들은 자신의 가장 좋았던 때를 '소녀 시절'이었다고 생각하는 듯하다. 그래서 이런 노래도 만들어 부를 것이다. 일단 노래부터 들어보자.

내 이름은 소녀 꿈도 많고
내 이름은 소녀 말도 많지요

거울 앞에 앉아서 물어보며는

어제보다 요만큼 예뻐졌다고

내 이름은 소녀 꽃송이같이

곱게 피며는 엄마 되겠지

내 이름은 소녀 꿈도 많고

내 이름은 소녀 샘도 많지요

거리마다 쌍쌍이 걸어가며는

내 그림자 깨워서 짝지우고

내 이름은 소녀 꽃송이같이

곱게 피며는 엄마 되겠지

―〈내 이름은 소녀〉하중희 작사, 김인배 작곡, 조애희 노래

소녀를 소년이라 해도 마찬가지일 터. 굳이 남녀를 따질 건 없을 것이다. 그 나이 대의, 청소년들의 마음은 남녀 불문하고 위 노랫말에 다 들어 있으니까.

먼저 꿈이라는 말. 그럴싸해 보인다. 소녀 땐 누구나 꿈이 많다고 한다. 소년은 꿈을 크게 가져야 한다고 한다. 'Boys, be ambitious!'라고, 우리 또래가 중학생일 때엔 영어 참고서마다 앞부분

에 이 말을 넣어두고 어린 청춘들을 세뇌시켰다. 해설란엔 '소년들이여, 야망을 크게 가져라!' 혹은 '소년이여, 대망을 품어라!'고 쓰여 있었다. 여기서 말하는 야망, 대망은 물론 꿈이렷다! 아메리카 어떤 교육자가 일본의 근대화를 도우러 일본 어떤 학교에 와서 가르치다가 떠날 때 일본 학생들에게 남김으로써 유명해진 말이다. 그 나이 대는 꿈을 많이 꾸어야 하며, 그 꿈은 반드시 이루어진다고 했다.

그런데, 그런데 말이다. 꿈은 언제 꾸는가? 잠을 잘 때 꾼다. 그렇다면 꿈을 꾸기 위해 밤낮 잠만 자면 되나? 물론 여기서 말하는 꿈은 희망이나 소망 같은 것을 말하는 것이라는 걸 모르지 않는다. 잠을 자면 꿈이야 꾸어지겠지. 하지만 잠만 잔다고 꿈이 이루어지진 않는다. 꿈은 깨어 있어야 이루어진다.

그런데도 어른들은 꿈을 많이 꾸라고 말한다. 어렸을 때는 꿈이 커야 한다고 말한다. 그래서 아이들은 다들 대통령이 꿈이고 장군이 꿈이다. 그런데 나는 꿈을 깨자고 말하고 싶다. 대통령이, 장군이 잠만 잔다고 이루어질까? 그리고 그런 게 되고 싶은 게 꿈이라면, 참 슬프다.

나는 꿈을 깨고, 깨어 있는 지금 이 순간 몰입할 수 있는 일에 빠지자고 말하고 싶다. 그래야 꿈이 이루어질 것이다. 얼토당토않은 말처럼 느껴진다고? 진짜 그렇게 느껴지나? 그 말의 속뜻을 모르는 바 아니지만 꿈은 잘 때 이루어지지 않는다. 깨어 있어야 이루어진다. 깨어 있는 순간순간 자기가 할 수 있는, 혹은 해야 하는 일에 몰입해 있어야 꿈이 이루어진다. 나중에 뭐가 되겠다, 무엇을 이루겠다, 이런 생각도 할 필요가 없다. 순간순간 몰입해서 자신의 전부를 다 바쳐 빠져든다면 그 사람은 반드시 뭐가 되어도 된다. 그렇게 순간순간을 열심히 살면 서른쯤 되었을 때 그 사람이 될 수밖에 없는 최대치의 무엇이 될 수밖에 없다. 그게 꿈을 이루는 것이다. 그러니 뭐가 되고 싶다, 되어야 한다, 라고 스스로에게 압박을 줄 일이 아니다. 그저 이 순간순간을 놓치지 않고 빠져들어 살면 그만이다.

어른들 자신들이 꿈을 못 이루면 그 꿈을 자녀에게 덮어씌우는 것 같다. 치맛바람 같은 것도 그런 까닭에 일어날 터. 그러니 소녀들은 꿈만 꾸지 말고 자신이 스스로 꿈을 이루어야 한다. 그래야 나중에 자녀를 달달 볶는 어른이 되지 않는다. 꿈을 이루기 위해선, 역설 같지만, 꿈에서 깨어나시라!

우리말에 죽도 밥도 아니라는 말이 있다. 뒤죽박죽으로 혼란스럽게 되어 이도저도 아니라는 얘기다. 꿈이 이런 것 아닐까? 나, 이렇게 되고 싶어, 되고 싶다니까! 하면서 꿈만 꾸고 있으면 오히려 꿈과 현실이 뒤죽박죽 얽혀 죽도 밥도 아니게 되어 결국은 아무것도 될 수 없다. 서양의 어떤 작가는 자신의 묘비에 '우물쭈물하다 내 이럴 줄 알았지'라고 쓰게 한 사람도 있다. 이 일 하면서 저 일 생각하고, 저 일 하면서 이 일 생각하면, 죽도 밥도 안 되고 평생 우물쭈물하다 결국은 죽어 묘지 안에 누워 있게 된다는 얘기이다. 물론 그 작가는 오래 살았고 사는 동안 누구보다 열심히 살았다. 그런데도 그렇게 느껴지더라는 얘기이다.

문학은 꿈을 꾸게 해준다. 인간은 백 년을 살아도 다른 사람의 생을 다 살아볼 수 없다. 그런데 문학은 여러 사람의 인생을 살게 해준다. 그런 점에서 꿈을 꾸게 해준다는 뜻이리라. 내가 되지 못한 다른 사람. 다른 사람의 삶을 누려보게 한다. 어찌 보면 문학의 꿈은 이루지 못할, 이뤄지지 않는 꿈이다.

나아가 문학이 진실로 관심을 갖는 건 성공한 삶이나 승리자의 이야기가 아니라 실패자 내지는 약자의 모습에서 나오는 이야기를 그려내는 것이다. 좌절된 꿈, 실패했다고 느끼는 약자의 고통스런 삶을 문학에선 즐겨 다룬다는 말이다. 문학에선 고통이 고통으로 끝나지 않고, 실패가 실패로 끝나지 않는다. 문학은 비극을 통해서도 영혼의 성장을 이루고자 한다. 현실의 꿈만이 꿈이 아니라는 얘기이다.

노래는 소녀 시절엔 말도 많다고 한다. 맞다. 소녀는 말이 많다. 쫑알쫑알, 하루 종일 지저귀듯 말을 한다. 내 보기에 어떤 소녀들은 학교를 수다 떠는 재미로 다니는 것 같다. '수다로 푼다'라는 말도 있지만 수다는 본질적으로 '쓸데없는' 말이다. 하나 마나 한 말이라는 얘기다.

근데 소녀들이 말만 많나? 웃음도 많다. 우리 또래가 자랄 때를 예로 들면 소녀들은 발밑에 떨어지는 낙엽만 봐도 까르르, 발길에 차이는 말똥만 봐도 까르르, 했다.

소녀 시절에 말이 많고 웃음이 많은 건 본 대로 말하고 느낀 대로 웃는다는 것 아닐까? 길들여진 선입견 없이, 머리 터지는 계산 없이 즉각 터져 나오는 말과 웃음! 이건 그 시절을 사는 이들의 특권인지 모르겠다. 재고 또 재면서 사물의 본질을 놓치는 게 아니라, 현상을 보자마자 바로 본질을 꿰뚫어 보기에 말과 웃음이 터져 나오는 것이리라.

소녀 시절엔 말과 웃음에 이어 눈물도 많다. 떨어진 낙엽 위에 비만 내려도 눈물, 말똥이 발에 차여 길가로 밀려나도 눈물이다. 눈물 역시 순수할 때 나온다. 선입견이나 계산이 앞서면 절대 나오지 않는다. 그래서 열네 살의 말과 웃음과 눈물은 순수하다. 여기까지는 잘 왔다. 잘 컸다. 문제는 지금부터다.

노래는 소녀를 이제 거울 앞으로 끌고 간다. 소녀는 거울 앞에서도 입을 다물지 못한다. 거울을 보며 자신의 모습을 본다. 그 모습이 경이로워 물어본다. 거울에게 물어보는데, 거울 속의 모습은 이 세상에 비친 자신의 모습이다.

자신의 모습이 얼마나 예쁘냐고 물어보면 거울은 어제보다 요만큼 더 예뻐졌다고 대답한다. 그만큼 성장한 것이다. 물론 혼자 묻고 혼자 대답한다. 자신의 성장을 거울이 알고 있다. 아니, 자신이 더 잘 알고 있다. 다만 거울을 통해 확인하고 싶어 한다.

소녀 시절엔 알게 모르게 인정 욕구가 발동한다. 남에게서 듣지 못하면 거울을 보며 하다못해 자기 스스로도 자신을 인정해야 한다. 요즘 말로 하면 '자뻑(?)' 정도가 되겠다. 못 말리는 소녀 시절! 노래에선 예뻐졌다고 했지만 소녀는 이제 점점 어른 쪽에 가까워진 것이다. 그래서 더 성장하면, 꽃송이 같이 곱게 피면 엄마 되겠지, 라고 노래한다.

아, 엄마가, 어른이 그렇게 되고 싶을까? 소녀 시절엔 다 그렇다. 빨리 나이 먹어 어른이 되어버리고 싶다. 어른만 되면…… 어른만 되면, 하고 읊조린다. 지금 당장 어른이라면 하고 싶은 게 너무 많다. 노래에선 기껏해야 '엄마' 되겠지, 라고 했지만 엄마는 어른의 다른 이름이다. 더구나 어른이 되는데 '곱게' 피어야 된다.

사실 말이지 소녀 시절엔 무조건 곱게 피는 것만이 능사는 아니다. 곱게 핀다는 건 어른들이 정한 기준에 따라 자신을 구겨서라도 맞추어주는 걸 뜻한다. 그보다는 생긴 본성대로 자신의 모습을 직시하고 개성 있게 자라야 한다. 어른들이 정해놓은 기준에 억지로 맞추어야 하는 건 아니다.

인간은 화분 속에 갇혀 이리 뒤틀리고 저리 뒤틀리며 자라야 하는 분재가 아니다. 자연 그대로 사는 게 순리인 존재이다. 그런데 좁다란 화분에 갇혀서 가지를 철사로 이리저리 동여맨 상태로 굳어져야 하는 분재 같은 존재가 인간이라면 어떻겠는가? 더 이상 키도 자라면 안 된다. 더 이상 잔가지, 곁가지도 생기면 안 된다. 오로지 분재 주인이 원하는 모습으로만 자라야 한다, 라고 하면 어떻겠는가? 소녀는 그래서는 안 된다. 어른들이 미리 정해둔 기준에 맞추다 보면 기형이 되고 만다.

분재란 게 사실은 기형적인 나무이다. 자연스레 자라는 대로 나무를 둔 게 아니다. 어떤 사람들은 어른의 보호를 말한다. 아직 어리기 때문에 청소년은 보호가 필요하다. 그래서 이런 저런 건 하지 말고, 말을 잘 들어야 한다, 라고 강변한다. 그러나 그건 보호가 아니고 간섭이다. 진정한 보호는 개성을 발휘할 수 있게 뒷받침만으로 그쳐야 한다. 알고도 속고 모르고도 속으며 소녀가 자라는 것을 바라봐야 한다.

어른은 곧잘 자신의 청소년 시절, 즉 올챙이 시절을 잊어먹는다. 자신이 지금은 개구리이지만 과거엔 올챙이였다는 것을 곧잘 까먹는다. 처음부터 개구리였다고 느끼는 것이다. 그래서 올챙이에게 가혹할 수밖에 없다. 물론 올챙이는 보호가 필요하다. 물이 있는 연못이나 웅덩이 밖으로 나가면 위험하다는 걸 알려주어야 한다. 연못이나 웅덩이 밖의 개구리를 보고 흉내를 내면 위험하다는 걸 알게는 해주어야 한다. 그러나 자신도 올챙이 시절에 물 밖으로 나가고 싶어 했다는 걸 한 순간도 잊어서는 안 된다. 잊으면 강압적인 어른이 된다. 올챙이인 열네 살을 이해하려면 자신의 올챙이 시절을 떠올리면 된다.

노래 2절을 듣는다. 소녀는 꿈도 많지만 샘도 많단다. 소녀 시절은 그렇다. 자기 자신의 속내를 굳이 숨기지 않는다. 샘이 나면 곧장 샘을 내고 만다. 질투라 해도 상관없다. 좋은 건 좋고, 싫은 건 싫다. 부러운 건 부러운 거고, 지겨운 건 지겨운 거다. 이렇게 즉각적인 반응을 보일 수 있는 건 순수한 까닭이다. 그런데 어른들은 그러면 못쓴다고 가르친다. 자기 감정을 감출 수 있어야 한다고 점잖게 타이른다. 그러나 감정을, 의견을 억누르기만 하면 이미 길들여진 존재이다. 길들여진 애완동물이다. 사람은 애완용이 아니다!

아, 그런데 어른들은 어른이 되는 걸 남녀가 당당히 어깨를 같이 하고 거리를 걸어가는 것이라고 생각하는 모양이다. 그렇지 않고서야 '거리마다 쌍쌍이 걸어가며는' 하는 노랫말이 나올 수 있겠는가? 기껏 자란 소녀가 엄마가 되기 위해 꽃송이 같이 곱게 피어야 할까? 소녀티를 애써 던지고 굳이 어른 흉내를 내야 하는 걸까?

예전의 열네 살 소녀는 어른 되는 게 기껏 좋은 엄마, 아니 멋진 연인이 되는 것이었는지 모른다. 그러니까 어른 여자 가수도 그렇게 노래했겠지. 우리 또래가 열네 살일 땐 그랬다. 뭐든 어른들이 만들어준 틀 안에서 어른들이 정한 규격품으로 자라야 했다. 그러니 내남없이 개성이 없었다. 전부 똑같은 기계에서 나온 상품 같았다. 그러니 장래 꿈이 뭐냐고 물을라치면 다 똑같은 대답을 했다. 꿈도 천편일률적으로 같았다. 그러나 모든 열네 살이 같은 꿈을 꿀 수는 없다. 꿈이라는 게 사람마다 다 다를 텐데, 공산품처럼 공장에서 기계로 찍어내는 것이 아닌데 어찌 똑같을 수가 있겠는가? 더구나 꿈을 꾸는 것만으로 그치지 않고, 꿈을 이루기 위해선 깨어 있어야 하는 것 아닌가!

시대가 아무리 변해도 바뀌지 않아야 할 것은 청소년을 억압하는 것에서 벗어나는 일일 거다. 억압은 자유로운 사고를 불가능하게 함으로써 오로지 명령하는 자와 명령을 이행하는 자만 존재하게 한다. 자유로운 사고가 막히면 개인의 상상력은커녕 사회 전체적으로도 숨이 막혀 개인은 물론 사회도 죽게 된다.

'너 자신을 알라'라는 말은 본디 아테네 델포이의 아폴론 신전 기둥에 적혀 있었다. 그러나 소크라테스가 들먹이기 전까지는 아무도 관심을 갖지 않았다. '너 자신을 알라'를 들먹여 유명해진 철학자 소크라테스는 당시에 청소년에게 무척 위험한 인물이었다. 마침내 그는 젊은이들을 쓸데없는 쪽으로 현혹시켰다는 죄목으로 붙잡혀 사형을 당했다. 그는 젊은이들로 하여금 자기 자신을 알게 해주고 싶었다. 그래서 묻고 또 물었다. 그는 문제 속에 답도 있다고 생각하고 계속 질문을 던진 것이다. 왜 그랬을까? 네 꼬라지(너 자신)를 깨닫게 해주고 싶어 그러지 않았을까? 우리 모두 스스로를 알아야 한다. 열네 살 땐 더욱!

공자는 왜 요새 젊은이들은 예의가 없다고 했으며, 알타미라 동굴 벽에는 왜 요즘 젊은이들은 버르장머리가 없다고 적혀 있을까? 이는 아마 어른의 자리에서 볼 때 젊은이들이 위험해 보여 그랬을 것이다. 이미 기득권을 쥐고 있는 어른 처지에서 보자면 젊은이들이 제멋대로이고 아주 위태로워 보였을 것이다. 젊은이들의 행동이나 말투 모두 어른들에겐 불쾌감을 주었는지 모르겠다. 역설적으로 이 일화는 아주 오랜 옛날에도 젊은이들은 고분고분하지 않는 것을 바탕에 깔고서 어른을 대했다는 것이다. 공자조차 젊은이가 불편했다는 얘기이고, 알타미라 동굴에 산 원시의 인간들도 젊은이가 불편했다는 얘기이다.

그렇다. 옛날이나 오늘날이나 젊은이는 절대로 어른에게 고분고분하지 않다. 어른의 입맛에 맞추어 행동하는 게 아니라는 얘기다. 어른의 입맛에 맞게 행동하지 않는 것. 그게 젊은이들의 특권인지도 모른다. 그러나 그렇다고 그게 바로 일탈은 아닐 것이다. 다만 어른 자리에서 보자면 위태로워 보이거나 기분이 상당히 상하는 일이다.

열네 살. 옛 어른들은 물론 오늘날 어른들 보기에도 위태로운 나이 대를 산다. 그래서 어른들은 열네 살이 불편하다. 우리 또래가 열네 살일 때에도 그랬다. 그런데 그때 열네 살이던 소녀·소년이 이제 어른이 다 되었다. 자기 자신도 열네 살을 겪었으면서도 그 열네 살 자녀가 불편하기는 마찬가지다. 이미 어른, 기성세대가 되어버린 것이다. 다시 말해 올챙이 시절을 잊어버린 개구리가 된 것이다.

노래에서도 결국은 예쁜 꽃송이로 곱게 피어난 소녀를 원했다. 이 노래가 우리 또래가 청소년이었을 때 불린 노래로 옛날 것이라 그럴까? 그렇지 않을 것이다. 그 시절에는 최신 노래였던 이 노래를 듣고 자란 지금의 어른들도 열네 살 소녀는 그저 얌전히 지내기를 원할 것이다.

노랫말엔 거리에 쌍쌍으로 걸어가는 연인이 부러워 내 그림자를 깨워서까지 짝으로 하고자 한다. 그러면서 오로지 고운 꽃송이로 피어나기만을 바란다. 꽃 한 송이를 피우기 위해 모진 비바람은 물론 꽃대를 올리는 순간부터 안으로 겪어야 하는 어려움도 많을 것이다. 노래에선 그렇게 자라 기껏 엄마가 되자고 한다. 엄마, 아니 어른 되는 게 소녀의 꿈은 아니었지 않은가?

젊은이의 특권은 기성세대에 쉽게 편입되지 않는 것이다. 물론 기성세대를 그대로 따라하는 게 더 편한 소녀·소년도 있겠지만 그들은 어찌 보면 스스로 사는 게 아니라 사육되는 것인지도 모른다. 기성세대의 입맛에 맞는 음식만 먹고, 눈높이에 맞는 재주를 보여줌으로써 그들을 안심시키는 것인지도 모른다. 그러나 그런 소녀·소년일수록 사육장을 벗어나면 더 걷잡을 수 없는 혼란에 빠지게 된다. 자연스러움에 대한, 자신의 본성에 대한 항체가 전혀 형성되어 있지 않기 때문이다.

열네 살을 제대로 살기 위해선 스스로에게 맞는 면역체계를 갖추어야 한다. 스스로를 건강하게 해주는 면역이 무엇일까? 눈 감고 현실을 애써 외면하면서 꿈만 꾸며 잠꼬대 같은 소리만 하고 있는 걸까? 아니다. 꿈을 깨고 나와 현실을 정면으로 보듬어 안고서 기성세대인 어른들의 사고와 사회 전체의 분위기에 균열을 내는 것이다. 처음엔 기성세대로 이루어진 사회는 그 균열을 못 견뎌 할지 모른다. 그러나 그 틈은 점점 커져 나중엔 대세가 될 터. 열네 살의 청춘들은 대세가 된 그 틈을 지키고 받치며 버텨 나아갈 세대이다. 그럼에도 나중엔 스스로 또 기성세대가 되고 만다. '나 클 땐 말이야……' 이런 소리 지껄이지 않으려면 올챙이 시절을 까먹지 않는 개구리가 되어야 한다.

열네 살 청춘들이여, 꿈에 취해 꿈만 꾸지 말고 꿈에서 깨어나

시라. 꿈에서 깨어나는 일은 현실 속에 자신을 용감히 내던지는 일이다. 열네 살 청춘들이여, 현실을 정면으로 보듬고 뒹구시라.

나의 문학은 열네 살 청춘을 응원할 것이다. 내 몸속에 있는 열네 살을 잘 구슬리며 나는 오늘도 열네 살의 삶을 적는다. 그들이 읽을 작품을 쓰는 것이 내 일이다. 어차피 인간은 백 년을 산다 해도 다른 사람의 삶을 다 살아볼 수 없다. 그러나 책 속에선 가능하다. 이건 꿈이 아니다. 열네 살 청춘들이여, 진정한 의미의 'Boys, be ambitious!'이다. 기왕이면 꿈을 크게 꾸시라!

—『개똥 세 개』(북멘토, 2013) 중에서

『불량청춘 목록』을 펴내고

안녕하세요? 자음과모음 독자 분들께 인사 부탁드립니다.

반갑습니다! 책이나 강연장이 아닌, 이런 데서 인사하려니 좀 쑥 스럽네요.

계속 좋은 청소년문학 작품을 발표하고, 애정을 기울이고 계신데요, 청소년문학에 관심을 두게 된 특별한 계기가 있으신가요?

음. 내 시를 보고 시 속의 이야기를 동화나 소설로 써달라고 해서 '야. 그거 재미있겠다' 하며 시작, 재미 삼아 한 게 본업이 된 꼴! 세상일은 그런 게 참 많지요. 청탁을 받고 보니 내 안에 어른 되기를 끝내 거부하는 아이가 하나 있더라고요. 그 아이를 위해 이야기를 들려주다 보니 그만 청소년문학가 행세를 하게 되더라고요.

자음과모음의 청소년문학 『불량청춘 목록』에 대한 짧은 소개 부탁드립니다.

겉으로 볼 때는 불량해 보이지만 결코 내칠 수 없는 아이들, 또 겉으로 볼 땐 전혀 아무런 문제가 없어 보이지만 속 모습은 복잡한 아이들. 그런 아이들 모습을 그렸지요. 인문계 고등학교가 아닌 실업계 고등학교 아이들의 이야기이고, 또 서울에 있는 학교가 아니라 수도권 난개발 지역의 어수선한 분위기를 지닌 지역의 이야기이지요.

이 작품의 모티브는 무엇인가요? 작품을 쓰게 된 계기, 혹은 관련된 일화가 있으면 들려주세요.

청소년 관련 잡지의 편집주간을 할 때 공고생들의 투고 글을 읽으며 무릎을 탁 쳤지요. 왜 다들 인문계 아이들 이야기만 할까, 하고. 그 아이들은 생존과 관련해 삶에 대해 구체적인 고민을 하고 살더라고요. 아울러 또래의 보편적인 고민도 가지고 있으면서.

『불량청춘 목록』에서 가장 풀어나가기 힘든 부분은 어디였나요?

주먹이 무시무시한 진식이 아버지 이야기. 그쪽 사람들 정서를 잘 몰라서. 그러다 보니 너무 좋게 그려지기도 했지요. 그게 내 출신의 한계?

작가님도 『불량청춘 목록』의 주인공처럼 자신 속의 불량함과 싸워야만 했던 경험이 있으신지 궁금합니다.

많지요. 겉보기엔 아무런 문제가 없는 듯 중고생 시절을 보냈지요. 아주 모범적으로! 어른들이 바라는 만큼 공부도 적당히 '잘해주고'. 그러나 내 속은 뜨거운 쇳물이 펄펄 끓어 넘치는 용광로였어요. 다들 눈치채지 못했겠지만…….

지금까지 발표한 작품들 중 가장 애착이 가는 작품은 어떤 것인지, 그 이유가 궁금합니다.

작품에도 귀가 있고 눈이 있어 알면 서운할 텐데……. 그래서 이런 때엔 지금 쓰고 있는 작품이라고 말하지요!

작가님은 청소년 시절 자신이 어떤 학생이라고 기억하십니까?

앞에서도 말했지만, 아주 모범적인 학생! 그러나 속으로는 날마다 일탈을 꿈꾸고 혁명을 바라 마지않던 매우 '불온한' 학생!

집필 시간 외에는 주로 어떤 일을 하시나요?

문학 외적인 책을 읽지요. 마지막 장이 보일 때까지, 하루에 두세

권. 이어 숨쉬기 운동만 하며 죽은 듯이 짧고 깊게 자지요. 이게 다른 운동 안 하고, 또 하루에 몇 시간 안 자고도 건강 유지하는 법!

닮고 싶은 작가, 혹은 영향을 받은 작가가 있으신가요?

나 자신! 너무했나? 사실, 작가에게 제2의 누구는 필요 없지요. 영향을 받았다면, 작가가 아니라, 귀양지였던 고향(진도)의 거시기와 머시기 모두들! 사람, 귀신, 자연, 개, 할 것 없이 내게 다 영향을 끼친 듯.

현재 구상 중이거나 쓰고 있는 작품이 있다면 어떤 내용인지 살짝 알려줄 수 있으신가요?

대표가 세 번 바뀌도록 안 쓰고 있던 어느 출판사의 소설 원고와 광주 5·18 동화 원고 하나 잡고 있고, 네 번째 시집 원고, 청소년 희곡집 원고와 청소년문학 관련 산문 글 정리 중……

작품을 쓸 때 버릇, 습관이 있다면 어떤 것인가요?

작품이 안 풀릴 땐 절대로 딴짓하지 않고 (어떤 작가는 냉장고 문을 여닫으며 먹을 것 찾고, 어떤 작가는 술을 마시고, 어떤 작가는 여행을 가기도 하지만……) 오히려 끝장 볼 때까지 책상 앞에 앉아 있는 것.

청소년 독자들이 꼭 읽었으면 하는 책을 한 권 추천해주시겠어요?

『불량청춘 목록』. 이건 농담이고요. 톨스토이의 『안나 카레니나』와 도스토예프스키의 『카라마조프 가의 형제들』 그리고 백석 시인의 시집! 너무 많은가?

마지막으로 자음과모음 독자들에게 인사 부탁드립니다.

뭐든 잘하려고만 하지 마시고, 그냥 순간순간 몰입해서 하시기만을!

— 〈자음과모음 카페〉 2012년

땅 농사 닮은 나의 글 농사

뭐든 '해봐서 잘 안다'고 설레발을 치던 전 청와대 입주자 이 머시기 씨(이명박 대통령)의 화법을 빌려서 말하자면, 내가 어려서 '농사를 지어봐서 아는데' 농부는 잠시도 쉬지 않고, 땅도 결코 놀리지 않는다. 농부는 지는 해를 기다리지 않고 뜨는 해를 기다리며 부지런히 산다. 땅도 같은 땅에 해마다 같은 작물만 심는 이어짓기(연작, 連作), 한 땅에 해마다 번갈아 농사를 짓는 돌려짓기(윤작, 輪作), 키 큰 농작물 사이에 키 작은 농작물을 심는 사이짓기(간작, 間作) 식으로 잠시도 땅을 놀리지 않는다. 그러나 좁은 땅에 아무 작물의 씨나 되는 대로 뿌리는 섞어짓기(혼작, 混作)를 함부로 하는 건 아니다. 작물에도 궁합이 있으니까…….

땅심은(땅'심' 밥'심' 하는 식으로 '심'을 써야 힘이 있는 것 같다.) 그냥 둬도 작물을 자라게 한다. 하지만 사람은 성질이 급해 땅을 믿지 못하고 퇴비를 쓴다. 퇴비도 양이 차지 않아 급기야는 금비라고 하는 화학 비료를 쓴다. 화학 비료를 쓰면 금세 땅심이 생겨났나 싶게 농사가 잘되어 우선은 작물이 잘 자라는 듯하다. 하지만 한 해 두 해 지나면 그런 땅은 영양분이 없어 작물이 잘되지 않는 거칠고 메마른 박토가 되고 만다. 그래서 퇴비를 쓰고 더러는 묵히기도 한다. 그래야 땅심이 살아난다. 가장 좋은 것은 땅심이 다시 생길 때까지 아무것도 심지 않고 땅을 묵히는 게 좋지만 땅을 마냥 묵힐 수 없어 퇴비를 쓴다.

내 글쓰기도 농사짓는 일과 별반 다르지 않다. 나는 시와 희곡으로 등단했지만 지금 주 종목은 소설과 동화다. 생계형 작가로서 주된 글 농사 품목은 소설과 동화라는 얘기다. 주로 청소년과 아이들을 대상으로 한 소설과 동화로 이어짓기를 하며, 가끔씩 시와 희곡으로 돌려짓기를 하고 있다. 이어짓기와 돌려짓기 하는 틈틈이 칼럼글이나 수필을 쓰는 사이짓기도 하고…….

우리나라 문단 풍토는 독특해서 등단한 장르만 인정한다. 나는 이런 풍토가 살짝(아니, 상당히) 못마땅했다. 그러던 차에 첫 시집 내자마자 다른 장르의 원고 청탁이 들어온 걸 계기로 망설임 없이 그 청탁을 덜컥 받아들이고 말았다. '내 시가 동화나 소설이 된단 말이지?' 하며 재미있어했다. 세상만사 재미로 시작한 게 본업이 되는 경우가 많은데, 내 경우도 그랬다. 그래서 일찌감치, 젊은 시절부터 내 글 농사의 이어짓기와 돌려짓기, 사이짓기가 시작되었다.

시와 희곡으로 등단한 사이, 소설이나 동화 청탁을 받지 않았다면 그쪽으로도 작품을 투고하여 또 등단해야 했을지 모른다. 그런데 행인지 불행인지 그러기 전에 청탁을 받고 책을 내게 되어 그 장르로 굳이 또 등단을 하지 않아도 되었다. 이런 걸 운명이나 팔자라고 할 터⋯⋯.

한 작물만 짓는 농사를 지었으면 정신도 덜 사납고 힘도 덜 들었을 것이다. 하지만 내 글쓰기 농사는 한 장르만을 붙들고 있기에는 '재능도 재볼 틈도 없이' 무작정 글쓰기 농사에 대한 내 젊은 날의 열정이 '너무' 넘쳤다. 여러 품목의 농사를 짓다 보면 모든 농사를 다 잘 지을 수는 없다. 그러나 이 농사 때문에 저 땅을 놀릴 수 있고, 저 농사 때문에 이 땅을 놀릴 수는 있다. 땅을 놀리는 건 다시 땅심을 북돋는 일이다. 내 글 농사로 말하면 이 글 농사짓느라 저 글 농사 쉬고 있으면 그새 재충전이 된다. 남들은 뒷말을 할지 모르지만⋯⋯. 한 가지 원칙은 어떤 경우에도 금비를 쓰지 않는 것이다. 이야기를 좇아 허둥대거나 안달복달하지 않으며 이야기가 나를 다시 찾아올 때까지 하염없이 기다린다. 가끔은 퇴비를 쓰기도 하지만 될 수 있으면 그냥 땅을 놀려서 땅심을 다시 회복시키자는 생각이다. 그쪽 이야기가 나를 다시 찾아올 때까지 그쪽 글 농사를 짓지 말자고 다짐한다.

농부가 땅을 놀리지 않듯이 나는 책상과 나의 몸뚱이를 놀리지 않는다. 시 쓰는 책상, 소설 쓰는 책상, 동화 쓰는 책상, 희곡과 칼럼글 등을 쓰는 책상을 따로 정해두고 소설 쓰는 틈틈이 시도 쓰고 동화도 쓰고 희곡도 쓰며 신문이나 잡지 칼럼도 쓴다. 한때 번역 일을 생계로 삼을 땐 영어와 한문 책상도 따로 두었다. 지금은 번역 농사는 짓지 않아 그 책상은 치웠다.

이야기가 나를 찾아오면 거기에 맞는 장르를 택해 이 책상 저 책상으로 유랑한다. 접시에 담을 음식 따로 있고, 대접에 담을 음식 따로 있어 그때마다 그릇을 달리 택해야 하기 때문이다. 접시에 담을 음식을 대접에 담아 내면 보기에도 마땅찮고 먹기에도 불편하다. 글쓰기가 똑 이렇다. 그릇을 잘 택하기만 하면 모든 글은 하나로 꿰인다.

한 작물만 고집하며 계속 같은 작물만 재배하면 마침내 땅심이 고갈되어 화학 비료를 쓰지 않으면 안 되듯이 글쓰기에서도 한 장르만 고집하면 금세 밑천이 드러난다는 게 내 지론이다. 땅을 놀리지 않기 위해 농부가 이어짓기, 돌려짓기, 사이짓기를 하듯이 글 농사도 마찬가지이다. 땅심을 북돋우려면 땅을 놀리는 게 가장 좋지만 농부는 그럴 수 없어 퇴비를 쓰고 화학 비료를 쓴다. 나도 책상이나 내 몸뚱이를 놀릴 수 없어 오늘도 내 방식대로 글 농사를 짓는다.

한 우물만 파야 물이 잘 나오고, 그 분야의 전문가가 된다고 한다. 하지만 나는 글 전체가 한 우물이라고 생각한다. 문학이 아닌 영화나 그림 같은 다른 장르는 손방 내지는 젬병이라 오로지 글 농사에만 전념한다. 문학에만 몰두하는 걸 두고 남들이 '문학이 뭐라고, 문학 하는 게 뭐 대단한 거라고' 하며 놀리거나 비웃어도 어쩔 수 없는 일이다. 누가 뭐라 하든 나는 내 깜냥껏 그냥 산다. 스피노자의 '나는 깊이 파기 위해 넓게 팠다'는 말에 위안을 받으며 문학 안에서만 문학이라는 우물을 깊게 파려고 일단 넓게 파느라 애를 쓸 뿐이다. 내 식의 글 농사가 절대적인 방법은 아니다. 가끔은 피곤하기도 하다. 그러니까 다른 사람은 절대로 따라하지 마시길……

— 〈한국산문〉 2014년 1월호

나이 들어도 놀아야 하리

노세 노세 젊어서 노세
늙어지면 못 노나니
화무는 십일홍이오
달도 차면 기우나니라

이런 노래가 있었다. 한두 구절이 민요 가락에 실리기도 하였
지만 나중에 유행가 가락에 실려서 더 유명해진 노래이다. 노래
대로라면 '젊어서' 놀아야 한다. 맞는 말이다. 늙으면 놀기 힘들
다. 노는 것도 일하는 거와 마찬가지로 힘이 있을 때 해야 한다.
그러니 젊어서 놀아야 한다. 열흘 붉게 피어 있는 꽃도 없고, 달

도 보름달이 되면 바로 반달이 되고 마침내 초승달로 기울어지는 법.

어른도 노는 게 즐겁다. 오죽하면 '놀이하는 인간'이라는 말이 생겼을까? 그런데 아이들은 놀이 자체가 세상을 배우는 일이다. 놀이는 익히 알다시피 승부가 있는 것과 승부가 없는 것으로 나뉜다. 예전의 아이들은 승부가 없는 소꿉놀이 같은 걸 통해 사회와 인생을 배웠다. 이른바 가상현실을 통해 실제 현실을 이해한 것이다. 근데 어른들은 화투 등 승부를 가르는 놀이를 즐겨 한다. 삶 자체가 놀이를 '잊은 지 오래고' '대결 구도'이기 때문에 그런 것 같다. 이제는 아이들도 컴퓨터 게임 등 승부에 집착을 하는 세상이 되고 말았지만…….

하 그런데, 칠레의 민중 시인으로 잘 알려진 네루다가 이런 말을 했네. '나는 집에다 크고 작은 장난감을 많이 모아두었다. 모두 내가 애지중지 여기는 수집품이다. 놀지 않는 아이는 아이가 아니다. 그러나 놀지 않는 어른은 자신 속에 살고 있는 아이를 영원히 잃어버리며, 끝내는 그 아이를 무척이나 그리워하게 된다. 나는 집도 장난감처럼 지어놓고, 그 안에서 아침부터 저녁까지 논다.'

그런 그이기에 (그의 사후에 나온 『질문의 책』이란 시집에 제목 없이 숫자로만 나열되었지만) 이런 시를 남겼으리라.

나였던 그 아이는 어디 있을까,

아직 내 속에 있을까 아니면 사라졌을까?

내가 그를 사랑하지 않았다는 걸 그는 알까

그리고 그는 나를 사랑하지 않았다는 걸?

왜 우리는 다만 헤어지기 위해 자라는데

그렇게 많은 시간을 썼을까?

　서울 광화문 복판에 있는 어느 서점은 건물 벽에 '나였던 그 아이는 어디 있을까, 아직 내 속에 있을까 아니면 사라졌을까?' 대목을 발췌하여 한 계절 내내 내걸어서 오가는 사람들로 하여금 자신 속의 아이에 대해 생각을 해보게 하였다. 나는 완전히 이별하여 떠나보내지 못한 내 속의 청소년 때문에 청소년소설도 쓴다고 늘 말한다. 맞는 말이지만, 아직 그가 내 속에 남아 있다면 그가 떠날 것을 바랄 게 아니라 더욱 사랑해야 하리라.

　내 개인적으론 문예창작 수업 시간에 늘 영화 〈일 포스티노〉를 틀어주었다. 익히 알다시피 〈일 포스티노〉는 네루다를 다룬 영화로 '은유'를 배우기에 딱 좋다. 이제 은유를 넘어서서 '노는 아이'에 대해 관심을 더 가져야겠다. 늙어서도 놀고 싶은 아이. 그 아이가 어디로 갔는지…….

아인슈타인도 '물리학자는 피터팬이어서 더 이상 자라선 안된다'라고 했다. 물리학에서조차 그걸 잘 연구하려면 호기심을 간직하고 있어야 한다는 얘기이리라. 이는 단순히 몸집만 커졌지 무책임한 짓만 하는 어른을 이르는 말이 아니라, 어른이 되더라도 아이 같은 호기심을 같이 가지고 있어야 한다는 말이리라. 그렇다면 '노세 노세 젊어서 노세'라는 말은 늙더라도 젊었을 때의 호기심 같은 걸 잃지 말라는 뜻으로 다시 해석해도 될 터!

— 〈경기일보〉 2013년 10월

박상률의 청소년문학 20년……
또 한 번의 '낯섦'

인터뷰 | 최규화

프리즘 ① 박상률의 말, 말, 말

"이 작품에는 한 명도 이름이 안 나와요. 모두 익명으로 표현했죠. 그 시대를 산 사람은 이름이 굳이 필요치 않다는 거죠. 그 시대를 산 젊은이라면 다 똑같다는 거죠."

"처음 청소년소설을 쓸 때도 출판사 편집자들이 '감이 안 온다'라고 그랬어요. 낯설어서. 저는 운명적으로, '낯설게 하는 것'이 제 역할이지 않은가 해요."

"요즘 청소년들이 스마트폰 가지고 다니는 것만 보지 말고, 시대가 아무리 바뀌어도, 문명과 문화가 아무리 발전해도 절대 안 변할 것들, 그런 보편성을 놓치지 말자는 거예요."

프리즘 ② 청춘의 상처를 어루만지는 한 곡의 긴 음악

박상률은 누구?

한국 청소년문학의 개척자. 1997년 그가 발표한 소설 『봄바람』은 한국 청소년문학의 물꼬를 튼 작품으로 평가받으며 지금까지 사랑받고 있다. 일반소설도 아니고 동화도 아닌 '낯선' 청소년소설을 가장 먼저 쓰기 시작한 뒤로, 지금까지도 '낯설게 하는 것'을 자신의 운명이자 역할로 여기고 있다. "사람보다 개가 더 유명한 진도에서" 태어난 '58년 개띠'. 새 책을 낼 때마다 저자소개에, 계간 〈청소년문학〉 편집주간을 오랫동안 맡았다는 사실을 빼놓지 않는다. 그를 빼놓고는 청소년문학을 말할 수 없고, 〈청소년문학〉을 빼놓고는 그를 말할 수 없는 그런 사람.

어떤 책을 냈나?

지난 2016년 8월, 3주 사이에 두 권의 책이 나왔다. 먼저 나온 책은 『나와 청소년문학 20년』(학교도서관저널). 한국 청소년문학의 개척자이자 '지킴이'로 살아온 지난 20년을 돌아본 산문집이다. 그리고 3주 뒤에 나온 책은 장편소설 『저 입술이 낯익다』(자음과 모음). 1980년과 2008년, 광장과 골방, 시간과 공간을 잇는 '촛불'을 통해 내밀한 청춘의 상처를 깊이 들여다본 작품이다. 굉장히 사회적이면서 굉장히 개인적인 소설. 읽고 나니 사람의 마음을 어루만지는 한 곡의 긴 음악을 들은 것 같다. 작가가 다시 한번 시도한 '낯설게 하기'. 곱씹을수록, 함께 아프다.

인터뷰 뒷이야기

갸름한 얼굴, 날렵한 몸매. 오십 대 후반 '아재'들의 흔한 넉넉함(?)과는 조금 거리가 있는 첫인상. 하지만 그와 한 인터뷰는, 인터뷰라기보다 정담에 가까웠다. 숨길 수 없는 전라도 사투리와 상대를 배려하며 대화하는 태도가 참 편하게 느껴졌다. 하지만 그가 날카로운 말투로 단호한 모습을 보인 때도 있었다. 바로 청소년문학의 역할에 대해 이야기할 때. 그는 현재 한국 사회를 "사람이 없는 시대"라고 규정하고, "문학에서만큼은 사람을 중심에 놓아야 한다"라고 말했다. 그리고 청소년문학이 '시류'가 아닌 '사람'을 담아야 한다며, '문학적 보편성'을 강하게 주문했다.

프리즘 ③ 일문일답 들여다보기

『저 입술이 낯익다』에는 개인 내면의 상처를 사회와 교감하는 속에서 극복해가는 과정이 담겨 있는데요, 저는 이것이 십 대 후반부터 이십 대까지를 '이명박 근혜' 정권 아래에서 보낸 지금의 청년 세대에 대한 작가의 진단이 아닌가 하는 생각이 들었습니다.

제목을 보면 사실은 청소년소설 같은 제목이 아니죠. (기자: 조금 야한 것 같기도 합니다.) 그래놓고 내용은 야한 게 아무것도 없어서 좀 실망하셨을 텐데.(웃음) 제목이 먼저 떠올랐던 거예요. 처음에는 개인의 내면을 다룬 단편으로 써놨어요. 노무현 시대, 이명박 시대를 거쳐오면서 어떻게 변해왔는가. 그러면서 개인의 삶은, 개인의 상처는 어떻게 변해왔는가. 심리적인 소설 요소도 있고 또 상당히 사회 비판적인 요소도 있어요. 청소년들한테는 둘 다 어렵죠. 둘을 결합하기가 참 어렵더라고요.

소설 속에서 '목우암'의 골방과 서울의 광장이 촛불을 통해 연결됩니다. 핵심적인 매개체로 촛불을 선택한 까닭은 무엇인가요?

방 안에 촛불을 켜는 것은 기도하기 위한 거죠. 개인의 바람을 이루기 위해서. 하지만 광장에서 촛불을 켜는 것은 뭔가 사회적으로 요구사항이 있을 때죠. 사람들이 한목소리를 내고 싶을 때. 그래서 내면의 바람과 사회적인 목소리를 결합시킨 것이 바로 촛불입니다.

이번에 나온 두 책이 이어지는 지점을 『나와 청소년문학 20년』에서 찾았습니다. 3장 대담 중에서 유영종 인하대학교 교수의 말 가운데 "커다란 사건이 있거나 좌충우돌하며 성장하는 이야기보다 누구나 하나씩 가지고 있는 크고 작은 마음속 상처를 치유하며 커가는 이야기들에 더 공감이 가거든요"라는 문장이 나옵니다. 『저 입술이 낯익다』는 유 교수의 말에 딱 맞는 작품인 듯합니다.

촛불집회 당시 사회적인 문제에 아이들이 '올인'했죠. 그랬는데 남는 게 뭐냐. 국가나 사회가 개인의 상처를 전혀 보상하지 않고 개인이 다스려야 하는 거죠. 당시 아이들이 성인이 됐을 텐데, 세월이 지나고 보니까 사회가 바뀌기는커녕 아무도 자기 얘기를 들어주지 않고 자기는 '루저'가 돼 있는 거죠. 어찌 보면 큰 이야기보다, 사회가 감당해주지 않는 개인의 상처 이야기에 독자들은 더 공감할 수 있죠. 그런 걸 많이 집어넣다 보니까 내면 서술, 심리적인 묘사로 많이 흐르게 됐어요.

그리고 이 작품에는 한 명도 이름이 안 나와요. '그1', '그2', '그3', 모두 익명으로 표현했죠. 그 시대를 산 사람은 이름이 굳이 필요치 않다는 거죠. 누구나 똑같은 생각이었다. 생물학적으로 구분해서 '영철이', '순자' 할 필요 없이, 그 시대를 산 젊은이라면

다 똑같다는 거죠. 그런 걸 이야기하고 싶었어요.

『저 입술이 낯익다』를 구상하는 데 모티브가 된 사건이나 개인적인 경험들도 있었나요?

상당히 있죠. 제 아이가 '붉은 악마' 월드컵 응원 때는 광장에 나가지 않더니, 광우병 촛불집회 때는 광장에 나가더라고요. 그러고 나서 나이가 조금 더 드니까 좌절했고. 제가 제 아이한테 다른 건 아무것도 주문하지 않고 시만 외우라고 했죠. 그 이야기는 이 작품 안에 들어 있죠. 촛불집회 때 제가 문예창작과 선생 노릇을 하고 있던 때였는데, 제자들한테는 촛불집회가 그냥 축제였어요, 축제. 어른인 저만 옛날 생각을 해서 괜히 심각하고.(웃음) 그런 개인적인 체험들이 들어가 있죠.

내면의 상처는 외부적으로는 여러 가지 증상으로 나타날 수 있는데, 주인공의 상처는 결벽증, 강박증으로 나타납니다. 강박증이라는 증상을 선택한 까닭은 무엇인가요?

누구나 사람은 강박증이 좀 있거든요. 하지만 그게 깊어져서 병적인 게 됐을 때는, 본인이 강박이란 걸 알면서 굉장히 힘들어요. 특히 (청소년기에) 사회를 변혁하고 싶다는 것은 사회가 깨끗해지면 좋겠다는 바람이죠. 근데 자기네들 바람대로는 안 바뀌고, 그게 몸의 병으로 나타나는 거죠.

청소년문학이 시작이 된 『봄바람』 이후 20년이 흘렀습니다. 20년째인 올해 나온 이 작품은 작가님 개인에게는 어떤 의미가 있나요?

평론가들에게도 그렇고, 이 소설 자체가 좀 낯설어요. 저는 낯선 소설을 쓰는 게 운명인 거 같아요. 처음 청소년소설을 쓸 때도 출판사 편집자들이 '감이 안 온다'고 그랬어요. 낯설어서. 동화면 동화고 소설이면 소설이지, 이게 뭔가 한 거죠. 저는 운명적으로, '낯설게 하는 것'이 제 역할이지 않은가 해요. 이 소설도 평범한 청소년소설이 아니라 낯설게 한번 해보자 한 거죠. 물론 조금만 시간이 지나면 이 소설도 아무것도 아닌 게 될 거예요. 하지만 처음에 누군가가 테이프를 끊어줘야 하잖아요. 제가 테이프를 끊어주면 후배 작가들이 편안하게 시작할 수 있을 거예요.

집필 당시부터 염두에 둔 대상이 있나요? 어떤 사람들이 이 작품을 읽어주면 좋겠습니까?

오히려 청소년인 십 대보다, 대학생 세대가 봤으면 좋겠어요. 지금 대학생들은 사회 현상에 잘 관심을 기울이지 않는 경향이 있다는 걸 무시는 못 해요. 대학생 세대들이 이 책을 보면 그래도 '아 이런 일이 있었구나' 하고 생각하게 되겠죠. 무엇이 정의이고 무엇이 불의인지 알고 나중에 사회생활을 할 수 있을 것 같아요. 청소년소설을 써놓고 대학생 독자가 봐주길 원한다고 하니 좀 우습긴 합니다.(웃음)

청소년문학의 문을 열고 그 길을 걸어오신 지 20여 년 되었습니다. 간단하게 소회부터 듣고 이야기를 계속 하면 좋겠습니다.

옛날 노래 있죠? '아니 벌써!'(웃음) (『봄바람』을 발표한 뒤로) 한 10년 동안은 청소년소설을 쓰는 사람이 없었어요. 문학평론가 누구도 평론을 해주지 않고. 한 10년을 혼자 했습니다. 10년쯤 지나니까 다른 작가들이 달려들었어요. 그때도 저는 감개무량하다고 얘기했거든요. 20년 되니까 지금은 작가도 많고 출판사도 너무 많죠. 그래서 지금은 감개무량의 제곱이죠.(웃음)

2015년 7월 '사계절 1318문고' 100번째 책 출간을 기념해서 김태희 사계절 아동청소년문학팀장을 인터뷰했습니다. 청소년문학 역사에서 절대 빼놓을 수 없는 작가를 꼽아달라고 했더니, '가장 고마운 분이 박상률 선생님이다. 그 작품은 청소년소설의 전범이 될 만하다. 지금도 꾸준히 청소년소설 작품을 쓰시면서 지금 독자들에 맞게 스스로 잘 변화하고 있다'라고 하더라고요. 작가님에게도 같은 질문을 하고 싶습니다.

좋게 말해줬구만.(웃음) 청소년소설을 쓰는 사람이 별로 없으니까 사계절 출판사에서 사계절문학상을 만들었습니다. 거기서 『합체』, 『맨홀』의 박지리 작가, 『푸른 사다리』 이옥수 작가, 『열일곱 살의 털』 김혜원 작가, 이런 사람들을 발굴해낸 것이 상당히 의미가 있어요. 보통 공모전에는 상금만 타가고 끝나버리는 사람들이 많아요. 그런데 이 작가들은 청소년 문제에 관심을 갖고 계속 쓰더라고요. 청소년소설 전문 작가죠. 한 명 더 하자면 『몽구스 크루』 신여랑 작가까지. 다른 데 도망도 안 가고, 참 고맙죠.

그렇다면 인물이 아니라 사건으로 생각해보면 어떻습니까? 한국 청소년문학 역사에서 절대 빠져서는 안 되는 사건.

청소년문학을 완전히 대중화시킨 건 아마 『완득이』일 거예요. 창비에서 청소년문학상을 제정했는데, 김려령 작가의 1회 수상작이었죠. 화제를 불러 모으면서 영화화되기도 했고요. 청소년문학의 저변을 확대한 점이 분명 있습니다. 『완득이』가 상업적으로도 성공을 하니까 그 뒤로 작가들이 (청소년문학에) 많이 달려들게 된 것도 부인할 수 없고요.

『나와 청소년문학 20년』을 보니, 젊은 작가들에 대한 쓴소리가 좀 보이더라고요. 3장 대담 가운데 "젊은 작가들이 새로운 소재와 기법에 대한 고민은 많이 하는데, 정작 자신이 청소년이라는 생각은 하지 못하고 쓴 게 많구나 싶어 안타까웠습니다"라는 대목이 나옵니다.

청소년의 겉모습만 보지, 자기 몸 안에도 청소년이 있다는 생각은 안 해요. 작가 안에 있는 청소년을 가만히 바라보고, 그걸 시대를 이동시켜서 요즘 아이들에게 입히면 되는 것이죠. 외피만 바뀌는 거예요. 옛날에는 걸어다녔다면 요즘은 버스 타고 다니는 게 달라지는 거지, 저는 기본적으로 사람이 갖고 있는 감정은 똑같으리라고 봐요.

요즘 청소년들이 스마트폰 가지고 다니는 것만 보지 말고, 시대가 아무리 바뀌어도, 문명과 문화가 아무리 발전해도 절대 안 변할 것들, 그런 보편성을 놓치지 말자는 거예요. 그런데 젊은 작가들이 요즘 청소년들 모습을 그린다고 하면서 자꾸 취재만 하려고 하지, 그 보편성을 놓쳐요. 그러면 당장 그해에는 그 소설이 독자들에게 읽힐지 몰라도, 한두 해만 지나면 묻혀버려요. 시간의 무게는 절대로 못 이깁니다. 금세 옛날이야기가 돼버리는 겁니다.

책의 같은 부분에서 "이제 청소년소설도 거품이 좀 빠지고, 정말 쓸 사람들만 남아야 하지 않나 하는 생각도 듭니다"라는 문장도 읽었습니다. 어떤 것이 거품이라는 말씀인가요?

'나도 청소년 때 좀 놀았으니까 요런 거 쓰면 청소년소설이지?'라고 쉽게 생각하는 거품, 또 하나는 청소년소설을 쓰면 책이 많이 팔리리라 생각하는 묘한 환상. 요런 거품들이 좀 빠지고 정말 청소년소설을 이해하는 사람들만 남으면, 책이 팔리든 안 팔리든 좋아서 하는 거니까 좋은 작품을 쓸 거예요.

앞으로 청소년문학의 새로운 20년은 어떻게 전망하시는지 궁금합니다. 그리고 그 속에서 작가님은 어떤 역할을 할 것인지도 밝혀주시면 좋겠습니다.

요즘 젊은 작가들이 영리하니까 지금보다 다양해지고 업그레이드된 작품들이 나오겠죠. 거기다가 보편성을 담을 수 있는 능력도 생길 거고요. 저는 앞으로 서너 권짜리, 역사 문제 같은 것을 주제로 호흡이 긴 소설들을 써보려고 그래요. 청소년소설로는 그것도 또 '낯섦'이죠. 그리고 그동안은 청소년소설을 많이 썼으니까 청소년시나 청소년희곡 쪽도 잘 쓰든 못 쓰든 일단 문을 열어놓아야겠다고 생각하고 있습니다. 제 작품을 바탕으로 해서 젊은 작가들이 더 잘 써주면 고마운 일이죠. 저는 또 다른 일을 하고요.

작가님의 '작가 인생'을 볼 때, 지금 어디까지 와 있다고 생각하시는지요.

아직 저녁은 안 됐고, 오후 시간을 보내고 있다고 생각합니다. 그런데 오후 시간에 편안히 낮잠을 잘 것인가, 저녁이 되기 전까지 뭐라도 할 것인가, 그런 기로에 서 있다고 봅니다.

청소년소설을 쓰기 위해 준비 중인 예비 작가들이 많을 거라고 생각합니다. 마지막으로 그들에게 도움이 되는 책을 몇 권 추천해주시면 좋겠습니다.

저는 문학 쪽보다 다른 분야 책을 많이 읽기를 권합니다. 문학에서는 기본만 알면 되고요. 굳이 소설을 이야기한다면 『죄와 벌』 『안나 카레니나』 정도를 봐줬으면 좋겠고요. 우리 소설 중에서는 조정래 작가의 『아리랑』 정도 읽으면 될 것 같아요. 작가들에게 시사하는 바가 상당히 있습니다.

— 〈인터파크 북DB〉 2016년 9월

아이들 삶을 받쳐주고 끌어주고

인터뷰 | 김지영(서울 수도여고 국어교사)
　　　　배미용(자유기고가)
　　　　이현애(횡성 현천고 사서교사)
정　리 | 최문희 기자

진도에서의 유년기

김지영　사람보다 개가 더 유명하다고 말씀하셨던 진도에서 자라
셨는데, 작가님의 어린 시절은 어떠했는지 궁금해요.

박상률　저는 날마다 일만 한 기억입니다. 일요일이면 "비 왔으면
좋겠다" 싶었고요. 아버지께서 교사셨지만 시골이니 농사를 안
지을 수 없었죠. 그리고 요새 들어선 '개장수'를 하고 있어요. 어
렸을 때 봤던 개 이야길 쓰면서요. 진도에 살았기에 모든 개가 다
진돗개 같은 줄 알았는데, 서울에서 40년 가까이 살아 보니 서울

개들은 안 그러더라고요. 동화로도 썼지만, 진돗개는 가족 역할을 해요. 사람이 오는지 안 오는지 검문도 해주고요. 산에 가서 노루 잡아놓고 사람도 데리러 와요. 나이 든 개는 사람 말을 웬만하면 다 알아듣고, 동네 스피커에서 노래 나오면 가락에 맞춰 춤도 춰요. 학교 관사에서 키우는 개는 애국가 따라서 "멍멍멍" 울기도 하고요.

이현애 정말 같이 놀던 친구 같았을 것 같아요. 농사는 어머니께서 주로 지으셨어요?

박상률 당시 아버지 월급이 2만 원 조금 넘었던 걸로 기억나요. 보너스나 학자금 대출 같은 것도 없었는데, 대학 다니는 막내 숙부 학비를 아버지가 댔어요. 사립대학 등록금은 6만 원이 넘어서 농사를 짓지 않을 수 없으셨지요. 아버지께서는 출근하시기 전에 농사일을 해두고 나가셨어요. 그러니 저와 형제들은 주말이 오면 "비 왔으면 좋겠다" 하고 말하곤 했어요.

이현애 작가님께선 어떤 농사일을 하셨어요?

박상률 삽질, 낫질은 기본이고 지게질도 많이 하고 손수레도 늘

끌었지요. 웬만한 농사짓는 일은 다 했어요. 쟁기질까지 하면 남자는 상일꾼이지요. 소와 호흡을 맞춰야 하거든요. 쟁기질을 배우다 고등학교를 다니기 위해 도회로 나오게 됐죠. 진도에는 인문계 고등학교가 없었으니까요.

배미용 학교가 꽤 멀었을 것 같아요.

박상률 목포로 가려면 배를 두세 시간 타야 했어요. 진도읍에서 광주까지 버스로는 네 시간이 걸렸고요. 진도는 여섯 개 읍면이 한 섬에 있을 정도로 큰 섬이지만 섬이 주는 고립감은 컸어요. 지금은 고향이 있다는 게 참 좋지만, 어릴 적엔 무조건 떠나고 싶었지요. 진도를 떠난 여자애들은 도시에 가서 식모살이나 버스 안내원을 하고, 남자애들은 철공소에 가거나 건달이 되곤 했어요.

김지영 고향이 주는 고립감이나 적적함이 오히려 작가님께서 글을 쓰는 데 도움이 되었을 것 같기도 해요.

박상률 그 고립감을 겪은 게 지금은 좋지요…… 당시에는 기차도 구경할 수 없었고, 매일 하늘로 지나가는 비행기만 올려다봤어요. 중학교 3학년 때 배를 처음 타봤지요.

청소년문학의 물꼬를 트고

배미용 작가님께선 시로 등단하셨는데, 이후에 청소년문학에 관심을 갖고 글을 쓰게 된 계기가 궁금해요.

박상률 계기랄 건 없고 제 팔자예요. 시로 등단한 이후 청탁을 받았는데, 시를 산문으로 늘여 쓰면 좋겠다는 것이었어요. 다른 시인들은 '내가 명색이 시인인데 왜 시 청탁을 안 하고 소설이나 동화를 써달라고 해' 하면서 안 썼어요. 하지만 저는 '재밌겠다!' 하고서 썼어요. 엿가락을 길게 늘이기는 쉬워도 줄이기는 어렵잖아요. 이야기도 마찬가지라 생각했지요. 그러다 보니 청탁이 계속 들어왔죠. 그게 제 본업이 될 줄은 몰랐어요.

이현애 본래의 글을 늘이는 건 이야기를 만드는 셈인데, 어려운 일일 거라는 느낌이 들어요. 그게 작가라는 반증이 아닐까 하는 생각이 들어요.

배미용 『나와 청소년문학 20년』을 읽으면 작가님께서 청소년문학을 개척했다는 자부심이 느껴져요. 그동안 쓰신 소설 중에서 가장 애착이 가는 작품이 무엇인지 궁금해요.

박상률 제 소설의 문을 열어줬던 『봄바람』이 아무래도 가장 애정이 가지요. 독자들이 관심을 갖고 많이들 호응해주기도 했고요. 그리고 자부심보다도 아무도 하지 않던 영역에 매진했구나 하는 마음이 커요. 작품을 써놓고 발표는 했는데, 당시에 책으로는 못 냈거든요. 인연 있는 출판사에 들이밀어도 "감이 안 온다"라면서 청소년을 대상으로 하는 소설을 내지 않았어요. 그러다가 사계절 출판사 '1318 문고' 편집자와 문고 기획을 하느라 머리를 맞대게 되었고, 사계절에서 기왕에 냈지만 흩어져 있던 단행본들을 그 문고 안에 모으게 되었어요.

이현애 '1318 문고'의 첫 번째부터 일곱 번째 책까지는 외국 작가들의 책이나 산문집 모음인데, 한국 작가의 소설로는 『봄바람』이 처음이었어요.

박상률 당시에는 아무도 관심을 안 가지니까 굳이 청소년문학이 필요하냐는 면박도 많이 받곤 했어요.

이현애 책을 읽다 보면 역사, 추리 등 문학 분야의 특정 영역을 개척한 작가들을 언급하신 대목이 나와요. 작가님만이 가지고 있는 영역은 무엇이라 생각하시는지요?

박상률 '어른들 속에 있는 청소년'을 아무도 보지 않으려고 했지만 저는 거기에 매달렸어요. 어른 몸속에 청소년 시절과 어린아이 시절이 다 새겨져 있는데 작가들이 자기 밖에서만 소재를 찾으려 하는 모습이 답답하게 느껴졌어요. 동화를 쓰는 어떤 이와 이야기를 나눠보면 아이를 키우니까 동화를 쓰게 되었다고만 해요. 자기가 아이라는 생각은 하지 않는 셈이죠. 지금도 어떤 작가들은 자기 안의 아이를 들여다보지 않고 '취재'만 하려고 해요.

김지영 그렇게 취재를 많이 한 책을 보면 "작가가 엄청 준비했구나" 하는 느낌이 들더라고요.

박상률 준비를 많이 했다고는 하지만, 그것이 그 사람의 것은 아니라고 느끼곤 해요. 자신의 글을 읽는 사람이 청소년이라면, 취재를 과도하게 하지 말라는 이야기를 하고 싶어요. 『봄바람』도 1960년대 이야기니까 어찌 보면 옛날이야기잖아요. 당시 책을 낼 때 "옛날이야기 써서 뭐 하냐, 요즘 이야기들 써야지"라는 말이 오고갔지만 저는 생각이 좀 달랐어요. '요즘 아이들 이야기는 요즘을 사는 애들이 더 잘 아는데 굳이 쓸 필요가 있나?' 싶었지요.

아이들이 읽지 말아야 할 책은 없다

이현애 학교에 있다 보니, 학교 현장을 세세하게 다룬 책을 읽어도 뒷북친 것 같은 느낌이 들 때가 많더라고요. 이미 흘러간 이슈를 다룬 경우가 빈번해요. 아이들 세계가 금세 바뀌기 마련인데 말예요. 작가님께서 생각하시기에 지금 청소년들이 가장 필요로 하는 것이 무엇일까요?

박상률 요즘 애들은 놀고 싶은데 못 놀아요. 경북대 김두식 교수의 『욕망해도 괜찮아』 같은 책을 보면 '지랄 총량의 법칙' 이야기가 나와요. 아이들이 어렸을 때 못 놀면 어른이 되어서 언젠가는 '지랄'을 떨게 되지요. 학교 다닐 때에는 입시 때문에 잡아 놓고, 대학 다닐 때에는 취업 때문에 잡아 놓으니 애들이 언제 놀겠어요. 아이들이 게임하고 스마트폰 가지고 있는 건 노는 거라기보다는 '도피'에 가까워요. 애들이 노는 과정에서 나중에 무언가를 해나갈 수 있는 밑천을 삼을 수 있어야 할 텐데 말예요.

김지영 작가님께선 책에서 청소년문학에 소재 제한이 없다고 언급하셨지만, 서평을 쓰기 위해 책을 살피다 보면 '이런 책은 안 되겠다' 하고 제 안에서 자기검열이 수시로 이뤄지더라고요. 청소년문학과 일반문학의 경계를 어떻게 나눠야 할까요?

박상률　제가 한 학교에 강연을 갔을 적에 〈학교도서관저널〉에 연재했던 『방자 왈왈』이 꽂혀 있더라고요. 그런데 그때 만난 선생님께서 자신은 재미있게 읽었지만 애들은 보면 안 된다고 책을 거꾸로 꽂아놓으셨어요. 사실 애들은 이미 다 알고 있어요. 제가 중학교 시절 재밌게 봤던 〈선데이 서울〉에는 온갖 게 다 나와요. 그렇다고 〈선데이 서울〉을 보며 자라난 아이들이 나빠졌을까? 하고 질문을 던지면 그런 건 아니거든요. 저는 굳이 아이들에게 뭔가를 감추려고 하지 말라고 말하고 싶어요.

김지영　그럼 어떤 점을 중요하게 여겨야 할까요?

박상률　성인 독자들은 스스로는 교훈적인 행동을 못 하면서 애들한테는 재미보다 교훈적인 걸 읽히려고 해요. 청소년 독자들은 일단 재미있고 감동을 주는 것을 읽는 게 더 좋아요. 단, 청소년 독자를 대상으로 한 소설을 쓸 때에는 검열을 할 만한 것을 넣지 않게 되는 때가 분명 있어요. 이 과정이 지나치면 모범생의 보고서처럼 쓰게 될 수도 있고요.

이현애 저도 비슷한 고민을 안고 있는데, 저희 학교가 24시간 기숙학교이다 보니 '성' 문제가 학교 안팎으로 늘 화젯거리예요. 교내 공동체 회의 안건으로 제시될 정도로 아이들 스킨십이 문제가 될 때도 있고요. 제가 아이들에게 책을 건네줄 때에는 전체적인 주제를 살펴보라고 말하는데, 작가님께서는 청소년과 성과 사랑에 대해 어떻게 생각하시나요?

박상률 영화도 책도 못 보게 하니 아이들이 그러는 거예요. 제가 책 읽기의 소재 제한이 없다고 말씀드리는 것은 책을 통해서 아이들이 완충 작용을 할 수 있기 때문이에요. 감추는 것만이 능사가 아니에요.

김지영 『데미안』이나 『수레바퀴 밑에서』를 보면 야한 장면들이 나오곤 하는데 저와 제 또래들이 그걸 읽고서 문제가 되는 행동을 하지는 않았던 것 같아요.(웃음)

박상률 『방자 왈왈』에 나오는 성춘향과 이몽룡도 이팔청춘, 즉 열여섯 살밖에 되지 않았어요. 이들이 나눴던 연애를 살펴보면 무척 야하잖아요. 그렇다고 해서 조선 시대 아이들이 나쁜 길에 빠졌나요?(웃음) 그래서 아이들을 가르치는 선생님의 역할이 참 중요하다고 여겨져요. 아이들이 전체적인 맥락을 살펴볼 수 있고 독서의 힘을 알게끔 가르쳐야 하지요.

내 안의 아이와 마주하기

김지영 요새 들어 서점에서 책을 살펴보면 청소년문학과 관련한 신간도 드문 것 같아요. 작가들이 소재나 주제가 고갈되어 잘 쓰지 않는 걸까 하는 생각이 들어요.

박상률 그렇게 느껴지는 첫 번째 이유는 작가들이 현실적으로는 책을 내봐야 소용이 없다는 생각을 하기 때문일 거예요. 책을 내봐야 읽지도 않고 사지도 않는 시대니까요. 예전에는 책이 나오면 한 반이 다 읽을 수 있게 30~40권을 학교도서관에서 사 비치했는데, 지금은 한두 권만 산다고 해요. 또 '청소년문학 그까짓 것!' 하고 쉽게 생각하고 달려들었는데 막상 해보니 결코 만만치 않아 힘들어서 포기하게 되는 경우도 따르고요.

배미용 청소년문학상을 받으면서 등단했다가 다른 장르로 이동하게 되는 작가들도 많더라고요. 동화와 청소년소설을 같이 쓰는 작가도 있고요.

박상률 청소년문학 그러면 어쩐지 한 수 아래인 것 같아 청소년 문학보다는 일반문학을 하겠다는 작가가 아직도 많지요. 그래서 청소년문학에서 벗어나버리는 작가가 있지요. 그리고 청소년소설과 동화는 서로 달라요. 송아지와 망아지가 둘 다 가축이라는 점에서는 같지만, 애초에 이들이 소로 태어나고 말로 태어나듯이, 동화와 청소년소설은 모태부터 서로 다른 장르이지요.

김지영 그렇다면 아동문학과 청소년문학을 구분 짓는 나름의 변별점이 있을까요?

박상률 예를 들어, 방 한가운데 평소에 안 보던 탁자가 있다고 가정해봅시다. 초등학생들은 평소에 안 보던 것에 무릎을 찧으면 아프니까 "너 여기 있어서 왜 나를 아프게 해"라고 하는데 중·고등학생들은 "에이씨!" 하고 바로 쌍시옷이 나오기 마련이에요. "누가 날 이렇게 다치게 해!" 하면서요. 초등학생들은 동심이 있으면서도 자아 확립 이전의 상태이고, 중·고등학생들은 세계와 대결하려고 하는 상태예요. 대부분 그 상황에서 어른들처럼 다른 사람들이 다칠 수 있으니까 탁자를 치우는 행동을 하지는 않아요. 그 차이점을 인지하는 것이 중요해요.

배미용 『나와 청소년문학 20년』 3장 좌담을 살펴보면 "젊은 작가들이 새로운 소재와 기법에 대한 고민은 많이 하는데 정작 자신이 청소년이라는 생각은 하지 못하고 쓴 게 많구나."라고 언급하셨어요. 어떤 점이 구체적으로 아쉬우신지 궁금해요.

박상률 청소년문학을 할 때에 청소년에 대한 개념을 우선 살피지 않으면 실패하게 돼요. 제가 아이를 키워 보니 나와 유전자는 비슷하지만 절대 '나'가 아니더라고요. 그럼 청소년을 어떻게 이해해야 할까요? 우선 자기 안에 있는 청소년부터 다스려야 하는데, 작가들이 자기 안의 청소년을 잘 보지 않아요. 그래서 실패할 수밖에 없어요. 후배 작가들에게 종종 인간 실존과 같은 철학적 주제는 놓아두고, 환경이나 여성 등을 주제로 삼아 아이들이 재미있게 읽을 수 있게끔 써보라고 이야기하곤 해요.

김지영 사람이 살아가는 이야기를 구체적으로 고민해보라는 말씀이신가요?

박상률 맞아요. 큰 주제보다는 작게 쓰라는 이야기이지요. 청소년들은 지적 영역이나 모든 것들이 아직 완숙 단계는 아니거든요. 후배 작가들이 아이들이 쓰는 언어나 수준을 고려하기를 바라면서요.

광주 항쟁과 세월호 사건 너머

이현애 1980년 광주와 2008년 서울 광장의 이야기를 담은 『저 입술이 낯익다』를 살펴보면 열일곱 살, 스물일곱 살 나이가 구체적으로 나와요. 이름을 언급하지 않고 나이를 숫자로 자세히 쓰신 이유가 있나요?

박상률 열일곱 살이 스물일곱이 되는 10년 세월 동안 사회에 아무런 변화가 없다는 걸 드러내려고 했어요. 고등학교 시절의 상처를 그대로 안은 채 살아가는 주인공들의 상태가 더 악화되었다는 걸 보여주고 싶었어요.

이현애 촛불 시위에 참여하기 위해 광장에 섰던 아이들이 지금 더 힘들어졌을 거라고 체감하신 건가요?

박상률 더 힘들어졌지요. 지금 20, 30대 청년들을 보면 불쌍해요. 우리 때는 대학을 졸업하면 직장은 걱정하지 않았어요. 데모를 하든 무얼 하든 군대를 마치지 않아도 은행에 취업해놓고 군대에 갈 수도 있었고, 교사 되는 것도 지금처럼 어렵지 않았어요. 그런데 요즘은 우리 때보다 많은 것들을 갖췄는데도 은행에 취업하기 어렵고 교사 되기도 어려워요. 매시간 늘 뭔가를 열심히 해야 하고, 학원에 다녀야 하고요. 청년들이 받는 스트레스가 이만저만이 아니에요.

이현애 저는 소설 속 네 명의 아이들이 너무 나약하거나 자기 안에 갇혀서 성장하지 못한 느낌이 들었어요.

박상률 아이들이 상처받고 제대로 성장하지 못한 것이 개인의 문제라고 사회가 덧씌웠다고 볼 수 있는 셈이지요. 지금은 누가 무얼 잘못하든 죄다 개인의 문제로 돌려버리곤 하잖아요. 촛불을 광장에서 켜느냐, 교회나 법당에서 켜느냐 하는 문제로 바라볼 수 있어요.

이현애 1980년 5월 광주 민주화 운동을 겪은 세대의 이야기가 언급되는데, 광주를 쓰시는 게 종종 부담이 되진 않으신가요?

박상률　광주를 직접 겪었기 때문에 오랫동안 글로 쓰기 힘들었어요. 광주 금남로 거리를 쏘다닌 지 25년 세월이 지났을 때에야 겨우 썼지요. 그때 광주를 그 거리에서 직접 겪은 사람들은 오히려 쓰지 못했지요. 지금도 광주 이야기를 하면 가슴이 벌렁거리는데 옛날엔 오죽했겠어요. 5·18기념재단과 같이 펴낸 동화 『자전거』를 비롯해 『너는 스무 살, 아니 만 열아홉 살』은 청소년용으로 쓴 바 있고 『아빠의 봄날』은 그림책으로 엮었어요. 이 책들도 도청에서의 일이 있고 난 지 25년이 지난 무렵부터 쓰기 시작했어요.

이현애　다른 작가들이 세월호 사건 이후 글을 아예 못 쓰겠다고 하는 경우를 많이 봤어요. 그런데 선생님께서는 다양한 형태로 세월호를 다루셔서 의외라고 생각했어요.

박상률　사고가 일어난 곳이 아버지께서 학교에 근무하실 때 살던 곳이에요. 관매도, 동거차도 말예요. 그리고 제가 그 배를 타지 않기 때문에 세월호 사건을 다룬 글은 쓸 수 있었던 것 같아요. 광주와는 달리 직접 겪지는 않았기에……. 사람이 참 간사스러워요.

김지영　저도 작가님께서 세월호에 관해 쓰신 글을 읽었는데 가슴이 먹먹했어요. 창작물이 꾸준히 나와서 사람들이 세월호를 잊지 않기를 바라요.『저 입술이 낯익다』에 나오는 주인공의 부모는 광주 항쟁을 전후로 만난 걸로 나오는데, 그래서 그런지 이상적인 부모라는 인상을 받았어요.

박상률 요즘 부모들을 보면 소소한 것에 굉장히 집착하더라고요. 제가 광주 금남로와 도청에 있을 때에는 거기에서 죽을 수 있겠다는 생각을 못 했어요. 나중에 맞춰보니 1분만 먼저 지나가거나 늦게 지나갔으면 총에 맞거나 죽을 수도 있었더라고요. 그때 제 인생관이 바뀌었어요. 집착할 것이 아무것도 없다, 싶었지요. 그런데 요새 어른들은 걸핏하면 애들한테 '100점' 운운해요. 그렇게 강요할 이유가 없는데 말예요.

김지영 소설에 나오는 주인공은 27세의 청년인데, 촛불 시위 전후의 고교 시절을 회상하는 장면이 등장해요. 독자의 연령대는 어떻게 설정하셨는지요?

박상률 고등학생이 읽고서 10년 후를 내다보면 좋을 것 같아요. 부모나 교사들도 읽었으면 좋겠고요. 지금 청소년들이 책을 읽는다면 '10년 뒤에 자칫하면 이렇게 될 수도 있다' 하는 저의 염려스러운 마음을 전하고 싶어요.

배미용 제가 청소년이던 세대는 일반소설을 읽으며 자랐고, 도서관보다는 도서 대여점이 친근했어요. 부모님께서 아이엠에프를 겪으셔서 '내가 부모님께 짐이 되는 건 아닐까?' 하고 생각하며 자랐어요. 그 시기를 지난 성인들에게 해주고 싶은 말씀이 있다면 들려주세요.

박상률 어찌 보면 청소년과 어른을 구분하는 것이 불필요할 수 있어요. 어른의 문제가 청소년의 문제이고, 청소년의 문제가 곧 어른의 문제이거든요. 아이엠에프를 겪었다면 한 집안에 있는 아이와 어른 모두 힘들었을 거예요. 이때 청소년의 경우, 어른들이 가진 언어 구사력과 이해하는 지능, 문해력을 미처 다 가지고 있지 못할 수도 있고 표현 방식이 조금 다를 수도 있어요. 그러니 청소년이 읽어야 할 것이 필요한 것이죠. 제가 고교 시절 톨스토이의 『안나 카레니나』를 읽었을 때는 줄거리 중심으로 읽고선 부도덕하다고 여겼어요. 하지만 삼십 대에 다다라 읽으니 다르게 느껴졌고, 오십 대에 또 다르게 읽히더라고요. 청소년들이 이해할 수 있는 책들이 필요하다고 생각해요.

김지영 제 경험을 바탕 삼아 학교에서 종종 학생들에게 고전을 읽으라고 하는데 잘 읽지 않더라고요. 그러면 권하지 말아야 할지 고민이 들어요.

박상률 억지로 고전을 읽힐 필요는 없어요. 사익만 추구했던 대통령 이 아무개 씨도 걸핏하면 "내가 해봐서 아는데"라고 말하곤 했잖아요. 그러니 어떤 책도 내가 읽어보니 좋더라, 너도 읽어, 그럴 필요는 없어요. 아이들 수준에서 자기가 좋아하는 것이 저마다 있을 거예요. 단지 아이들이 물가에 가서 위험할 수도 있겠다 싶은 것들만 어른들이 챙겨야 하지요.

김지영 읽지 말아야 할 책은 없다는 말씀인가요?

박상률 저는 그렇게 생각해요. 내가 읽으면서 좋다고 느끼면 학생들 곁에 그 문장이나 시를 넌지시 두세요. 아이가 심심하면 들춰 보다가 거기에 촉이 닿으면 가서 읽게 돼요. 요새는 놀 거리가 워낙 많아 아이들이 책을 잘 안 읽으려고 해요. 이럴 때 어른들이 견인을 잘해야 해요. 치사한 것 같지만, 제가 아들에게 마음에 드는 시 한 편을 외우면 용돈 만 원을 주었듯이 말예요.(웃음) 그렇게 하면 글과 가까워지고 책과도 가까워질지도 몰라요.

배미용 앞으로의 작품 계획이 궁금합니다.

박상률 오늘 죽을지 내일 죽을지는 모르지만 하여간 저 하던 대로 쓸 거예요. 제가 겪은 광주 이야기, 제 고향 진도에서 일어난 세월호 이야기와 함께 진도의 씻김굿, 진도 아리랑, 농경시대 때의 들노래, 친구로 지냈던 진돗개 등을 글로 풀어내려고 해요. 이러한 것 모두 우리 세대가 가고 나면 쓸 만한 사람이 아무도 없어요. 외부 사람이 취재한다고 해서 쉽사리 될 일도 아니고요. 거기서 나고 자라면서 마주한 씻김굿 등 이런저런 이야기를 쓰려고 합니다. 몸은 늘 바쁘지만 쓸 건 무척 많아요.(웃음)

— 〈학교도서관저널〉 2016년 12월호

절망적인 희망을 품고

2016년 2월에 세상을 뜬 이탈리아의 소설가 움베르토 에코가 오래 전에 이런 말을 했다.

질문자　내일 우주가 없어지면 오늘도 글을 쓸 것인가?

에코　(처음엔 망설이지 않고) 아니요! 누구도 내 글을 읽을 수 없을 텐데, 무엇 때문에 글을 쓰겠소? (곧바로 이어서) 예, 글을 쓰겠소! 어느 별에서 내가 쓴 글을 해독하려는 이가 있을 것이라는 '절망적인 희망'을 갖기 때문이요.

지금 대한민국의 '꼬라지'가 딱 이짝이다. 정치판 돌아가는 게

기가 막히다. 이젠 막힐 기도 없어 애써 외면하고 싶어도 '절망적인 희망'을 품고 다시 신발 끈을 조인다.

사실 글이란 어떤 글이든 '독자(미래의 독자일지라도)'를 위해서 쓴다. 자기 자신을 위해 쓴다는 일기조차도 일기를 쓰는 저녁엔 작가이지만 그 일기를 읽는 아침엔 독자가 되는 셈이다. 고로 일기도 독자를 의식한다고 할 수 있다.

독자는 좋아하는 것이나 읽고 싶은 것만 읽으면 되지만 작가는 그렇지 않다는 게 내 생각이다. 작가는 쓰고 싶은 걸 쓰는 존재가 아니라, 쓸 수 있는 것을 쓴다. 그러기에 모든 글은 작가의 의도와 상관없이 독자에게 가서 완성된다.

요즘 나라 꼴 돌아가는 것을 보면 '복장'이 터진다. 정당을 이끄는 자들은 자기가 하고 싶은 대로만 한다. 그런데 국회의원 당락은 정치꾼들의 의도와 상관없다. 국민의 투표로 선거가 완성된다. 글이 작가의 의도와 상관없이 독자가 어떻게 읽느냐에 따라 완성되듯이! 다시 말하지만 작가는 쓰고 싶은 걸 쓰는 게 아니라 쓸 수 있는 것을 쓴다! 정치꾼들은 그걸 모르고 자기가 하고 싶은 대로만 한다. 정치꾼들이 제발 자신이 할 수 있는 일을 했으면…….

— 청소년문화웹진 〈킥킥〉 2016년 5월

제2부

청소년소설의
다양한 요소

청소년소설의 문체

문체는 그 사람 자체다

프랑스의 18세기 박물학자 뷔퐁(Buffon)이 '문체는 그 사람 자체다'라는 말을 한 뒤로, 이 말은 한 작가의 문장을 규정하는 언명으로 곧잘 쓰이고 있다. 뷔퐁은 동·식물에서부터 광물에 이르기까지 폭넓은 연구를 한 학자였지만, 요즘말로 '대중적인 글쓰기'에 주력했다. 그는 딱딱한 전문용어보다는 알기 쉬운 표현을 쓰라고 권했으며 문장의 질서와 글을 쓴 사람의 지식 등을 중요시했다. 그는 에세이를 통해 몸소 이를 실천해보이면서, 문장에 글을 쓴 필자의 모든 것이 녹아 있다는 걸 스스로 보여주었다.

'문체는 그 사람 자체다'라는 말은 작가를 작가이게 하는 경험, 지식, 사유, 개성 등이 작가가 쓴 문장에 다 담겨 있다는 뜻일 게 다. 작가는 알게 모르게 자신의 모든 것을 가장 잘 담아낼 수 있는 문장을 구사한다. 문장 속에 작가 자신이 경험한 것은 물론 알고 있는 모든 것이 들어 있다. 그러니 문장이 곧 그 사람일 수밖에!

멀리 갈 것 없이 우리네 작가를 떠올려보자. 이효석은 시적이고 서정적인 문체를 즐겨 썼는데, 문장에 토속적이면서도 서구 지향적인 낭만성이 들어 있다. 염상섭은 좀 지루한 문장을 구사하면서 할 말은 다 했으며, 김유정은 아이러니에 바탕을 둔 해학적 문장이 일품이었다. 박상륭은 만연체 문장을 구사하면서 자신의 모든 사유를 긴 문장에 담아냈다. 박상륭의 소설은 읽는 사람이 무슨 뜻인지 바로 알아채지 못하더라도 끝까지 읽게 하는 묘미가 있지만 간혹 어떤 독자들은 수면제 대용으로 쓰기도 한다. 이문구는 의고체 문장을 곧잘 썼지만 현실의 문제에 잘 적용시켜 문장이 낡았다는 느낌을 주지 않았다. 강정규는 부드럽고 찬찬하여 할머니가 머리맡에서 이야기를 들려주는 것 같다. 김훈은 사실만 적시하는 신문 기사체 같은 문장을 즐겨 씀으로써 자신의 관찰을 객관화시키는 데에 능하다. 몇 작가만 들어도 알 수 있듯이, 작가는 저마다 자신의 사유와 지식과 경험에 맞는, 자신의 개성을 드러내는 문장을 구사했거나 구사하고 있다.

이렇듯, 작가는 누구 할 것 없이 문장에 그의 개성이 담겨 있다. 그렇다면 작가의 개성 표현만이 문체론의 관심일까? 개성적인 문체가 작가와 작품의 특징을 규정하는 게 사실이기도 하지만 소설을 읽는 독자에 따라 문체가 달라지는 경우도 있다. 청소년소설과 일반소설, 동화의 문체를 두고 볼 때 같은 작가라 해서 문체까지 다 같지는 않다는 얘기다.

서술, 묘사, 대화

그럼 문체는 어디에 나타날까? 문체는 작가가 쓴 모든 문장에서 드러난다고 보면 된다. 구체적으로 얘기하자면 문체는 서술, 묘사, 대화에서 드러난다.

익히 알다시피 서술은 소설 같은 데서 인물이나 배경 따위를 작가가 직접 설명하는 문장이다. 사건을 형상화해 독자로 하여금 상상하게 하는 게 아니라 작가가 사건의 앞뒤 사정을 얼른 알려줘버리는 것이다. 그러니 자연히 시간의 순서에 따라 사건을 기록하듯이 설명하게 된다. 독자에게 어떤 사건을 형상화해서 보여주는 것이 아니라 작가나 화자가 사건을 직접 말해버리기 때문에 독자는 머리를 쓸 필요가 없이 쉽게 사건의 전말을 알게 된다. 그러기 위해 작가는 사건을 압축해야 한다. 시간이나 공간 등을 작가가 다 요약해서 정리해주기 때문에 독자는 사건의 내용을 얼른 알아차릴 수 있다.

묘사는 서술과 달리 사물이나 등장인물의 겉모습을 작가가 떨어져서 구체적으로 그려주는 문장이다. 이른바 형상화시키는 것이다. 작가가 압축이나 요약 정리를 하지 않고 현실의 시간과 같은 속도로 그려나가기 때문에 독자는 묘사 문장을 만나면 강렬함을 느낀다. 이를테면 묘사는 사건의 현장이나 등장인물의 외장을 도드라지게 해주는 문장이다.

대화는 등장인물이 내뱉는 말이거나 등장인물 서로 간에 나누는 말이다. 작가는 등장인물의 외양이나 심리를 그리는 데에 그치지 않고, 등장인물들이 쏟아내는 말도 받아 적는다. 대화는 서로 대립하는 등장인물이 자신들의 철학적, 현실적 입장을 구체적으로 설명하는 것인데, 작가는 그들이 나눈 말을 받아 적듯이 하는 것이다. 등장인물은 자신이 속한 사회적 계층에 따라 쓰는 말이 다르다. 나아가 출신 지역에 따라서도 다르다. 또 연령에 따라서도 말을 달리 쓴다. 직업에 따라, 시대에 따라서도 등장인물이 쓰는 말이 다를 것은 자명하다.

같은 이야기를 적은 글이라도 서술이 많다면 그 글은 수필이 되고, 묘사가 많다면 콩트나 단편소설이 되는 경우가 많다. 이 경우 대화의 내용이나 말하는 방식보다는 사건을 작가가 직접 나서서 설명하고 있느냐, 아니면 사건의 당사자를 이야기 속에 등장시켜 보여주기 방식으로 형상화하느냐에 따라 장르가 달라지기 때문이다.

형식과 내용

문체의 개념은 연구자에 따라 매우 다양하게 정의되지만 일반적으로 먼저 등장인물의 유형에 따라 어떤 공통성이 있는가를 따진다. 이를테면 계급에 따라, 성별에 따라, 나이에 따라, 지역에 따라, 시대에 따라, 소속 집단에 따라 달리 쓰는 말과 관련이 있는 표현 방식이다. 이어 작가나 등장인물의 독특한 개성에 따라 그만의 언어 습관을 개성으로 치부하며 받아주는 것이 있다. 마지막으로는 표현 방법이 어떠한가에 따라 문체가 어떠한지를 살피는 방법이다. 이는 문장에 들어 있는 낱말의 종류를 비롯해 문장의 길이, 그 문장에 쓰인 수사법을 통해 문체의 의미를 캐는 연구방식이다.

　문체에 대한 이러저러한 연구 방법은 결국 랑그(Langue)와 파롤(Parole)로 귀착된다. 랑그는 문장에서 일반적인 표현 방식을 일컫는 것으로, 유형적으로 문장을 나눈 것이다. 등장인물의 계급,

성별, 나이, 지역, 시대, 소속 집단에 따른 문장 연구 방식을 이른다. 어찌 보면 언어학적인 문체라고 할 수 있다. 이에 비해 파롤은 작가의 개성적인 표현 방식의 문체이다. 작가는 그만의 독특한 언어 습관이 있는데 여기에 작가의 모든 것이 담겨 나온다. 작가의 개인 언어적 차원의 독특한 개성이라 할 만한 것으로 이른바 문학적 문체이다.

마크 트웨인의 『허클베리 핀의 모험』을 두고 볼 때 허크의 길거리에서나 들을 수 있는 언어 구사에 당시의 많은 사람들이 거부감을 가졌다. 하지만 마크 트웨인은 이 작품에서 구사한 일상의 언어, 자기 계급에 충실한 소박한 사람들의 비속어로 되레 작가적 명성과 자리를 굳혔다. 그의 작가적 유머도 통쾌했지만 효과적인 남서부 지방의 사투리 구사에 따른 뚜렷한 지방색이 그의 이야기들을 생생하게 살아있게 함으로써 미국적 사실주의를 낳았다고 여겨진다.

언어학적 문체와 문학적 문체가 서로 배타적인 관계에 있는 건 아니다. 되레 서로 보완적 관계이거나 밀착 관계에 있다. 작가는 그 자신의 언어학적인 배경과 자신만의 고유한 문학적인 개성을 같이 가지고서 이야기를 써나간다고 할 수 있다.

사실, 문체의 일반적인 개념은 작가의 개성적인 언어 습관을 포함하여 그만의 문장 표현 방식을 이른다. 물론 작가는 그가 속한 시대와 사회 집단 등에서 마냥 자유롭지는 않아, 그가 쓰는 문장에도 그게 반영된다.

작가의 문체가 중요한 것은 어떤 작품이 드러내는 의미와, 그 작품 안에 들어 있는 언어적인 특성들이 어떤 관계 아래에 놓여 있기 때문이다. 문학 작품은 겉으로 드러난 형식이 내용을 규정하기도 하고, 거꾸로 내용이 형식을 규정하기도 한다. 어떤 작품의 형식과 내용이 잘 들어맞을 때 작가는 당연히 기쁨을 느낀다.

군대 다녀온 젊은이를 두고 볼 때 예비군복을 입혀서 예비군장에 풀어놓으면 말도 잘 안 듣고 제멋대로 굴려고 한다. 그러나 정장을 입혀 놓으면 어느새 점잖은 직장인이 된다. 옷이라는 형식에 따라 행동도 달라진다는 얘기다. 또 밭에서 삽질을 하면서 넥타이를 매는 사람은 없을 것이고, 대중 앞에서 강연이나 강의를 하기 위해선 잠옷을 입고는 나서지 않는다. 이 점은 무슨 일을 하는가에 따른 내용이 옷차림이라는 형식을 결정한다고 보면 된다.

쓰는 이야기가 다르면 다르게 말해야 한다

그렇다면 청소년소설과 일반소설, 동화에서 쓰는 문체는 다를까? 대답은 '다르다'이다. 일단 세 장르에서 가장 문제가 되는 것은 문체의 유형적인 나눔에도 나타나듯이 무엇보다도 독자의 나이대가 다 다르다는 것이다. 나아가 독자가 소속된 사회적 집단이 다르다. 이는 곧 독자 계층이 쓰는 말도 달리 나타날 수밖에 없다는 것을 의미한다. 일반 어른이 쓰는 말과 청소년이 쓰는 말, 아이들이 쓰는 말은 다르다. 작가는 같은 이야기를 쓰더라도 독자가 누구냐에 따라 언어를 달리 해야 한다. 한 가정 안에서 일어난 일이라도 화자가 누구냐에 따라 문체는 달라진다. 이를 테면 할머니가 화자인 경우, 고등학생이 화자인 경우, 초등학생이 화자인 경우는 각각 이야기 전달 방식이 다를 수밖에 없다. 물론 독자가 어른이냐 청소년이냐 어린아이냐에 따라 이야기를 달리 받아들이기 때문에 발생하는 문제이다.

소설가 이문구 선생한테 생전에 들은 이야기다. 자신은 동화 문장이 되지 않아 동시까지 쓰고 동화는 못(안) 쓰고 말았다고 한다. 그가 동심을 가지고 있었음은 그가 쓴 동시에도 나타나거니와 그의 소설 속에서도 쉽게 알아챌 수 있다. 그런데도 동화를 쓰지 못(안) 했다니! 대학 다닐 때 소설 담당 교수였던 소설가 김동리로부터 '앞으로 이 학생은 한국 문단의 스타일리스트가 될 거요'라며 일찌감치 주목을 받은 문장이다. 그런데도 스스로 동화 문장은 안 된다고 고백하면서 '박 선생은 동화 문장이 되더라. 끝까지 쓰시게!' 하셨다.

이문구 선생의 문장은 두루 알다시피 길기도 하고 옛말 투이기도 하다. 그는 사실성을 높이기 위해 현실 속의 등장인물들의 말투를 실감나게 썼다. 자세하고 사실적인 세부 묘사도 즐겨 했다. 그런 까닭에 핍진성이 높아져 실제 충청도 사투리보다 그의 문장 속에 나오는 충청도 사투리가 더 그럴싸하다. 그러나 그런 말투가 일반소설의 핍진성은 높였지만 청소년소설이나 동화의 언어로는 적합하지 않았다는 얘기다.

동화와 소설을 같이 쓰는 강정규 선생의 경우 동화에선 할머니와 똥 이야기가 자주 등장하는데 그 소재에 맞게 문장도 자분자분하다. 그러나 소설에선 신으로 표상되는 상징이 자주 등장하며 가을 하늘처럼 명징하면서도 서정적인 언어를 즐겨 다룬다. 나아가 사실을 구체적, 객관적으로 그리기 위해 등장인물의 대화를 자주 노출시키는데 서술이나 묘사 문장에서도 대화 투를 곧잘 써서 부드러우나 풍자성을 지닌 속내를 감추지 않는다. 독자 대상에 따라 문장의 결을 달리한다는 얘기다.

『위대한 개츠비』를 쓴 스콧 피츠제럴드는 남과 다른 이야기를 하고 싶으면 '다른 말'로 이야기하라고 했다. 이는 작가의 개성을 두고 한 말일 것이다. 작가의 개성은 바로 문체에서 드러난다. 독자에 따라 다른 문체를 구사할 수 있는 게 바로 '다른 말'일 것이다.

'거의 적합한' 단어와 '적합한' 단어

흔히 리얼리즘 소설의 완성자라 일컬어지는 프랑스의 작가 구스타브 플로베르는 하나의 사물에는 그것을 나타내는 오로지 하나의 낱말만 존재한다, 고 했다. 이는 문장에서 단어의 쓰임새가 엄격해야 한다는 것을 뜻한다. 그렇기 때문에 마르셀 프루스트 같은 소설가는 플로베르가 프랑스어를 혁명적으로 사용하여 프랑스어 문법을 재창조했다고 극찬하면서도, 플로베르 작품엔 아름다운 은유가 하나도 없다고 비판했다. 이는 플로베르가 은유 대신 구체적으로 들어맞는 어휘만 골라 쓰다 보니 그렇게 되었다는 얘기이다.

플로베르의 문체를 두고 이러저런 말을 한 프루스트는 문체가 소설의 내용이나 형식보다 중요한 '작가의 모든 것'이라 하면서, 화가에게 색이 중요하고, 작곡가에게 음조가 중요하다면 작가에겐 문체가 가장 중요하다고 했다. 그런 점에서 프루스트는 오노레 드 발자크의 상상력은 높이 사면서도 개인 발자크를 뛰어넘는 소설가 발자크의 문체를 만들어내지는 못했다고 아쉬워했다.

아무튼 문체란 바로 어떤 사물이나 사건에 딱 들어맞는 단어를 붙이는 작가의 개성 아닐까? 그게 구체적인 어휘로 드러나든, 은유적인 표현으로 드러나든 말이다. 글을 많이 써보지 않은 사람들이 처음에 많이 겪는 어려움은 자신의 생각이나 사물에 딱 들어맞는 낱말을 못 찾아 쩔쩔매는 것이다. 그래서 뻔한, 진부하고 상투적인 낱말을 동원해 표현을 하게 된다. 이러면 개성이 드러날 수가 없다.

『걸리버 여행기』로 널리 알려진 조너선 스위프트가 문체란 적당한 곳에 적당한 단어를 쓰는 것이라 한 까닭도 이런 경우를 두고 한 말일 게다. 이 차원에서 보자면 '거의 적합한' 단어와 '적합한' 단어의 차이는 '반딧불이'와 '번개'의 차이라고 한 마크 트웨인의 말은 옳다. 작가는 자신만의 적합한 단어를 찾아 쓰는 사람이지, '거의' 적합한 것에 적당히 맡기는 사람이 아니다. 적합한 것만이 그의 개성을 드러내준다. 거의 적합한 것은 일반인도 할 수 있다고 느낀다. 그래서 쇼펜하우어는 문체란 마음의 얼굴이라고 하면서 작가의 개성을 중요시했을 것이다.

작가라면 누구나 느끼는 이러한 문제 모두 '문체는 그 사람 자체다'라고 한 뷔퐁의 언명을 벗어나지 않는다. 대머리를 가발로 감쪽같이 가렸다고 할 경우 사람들은 가발 기술자를 칭찬해마지 않는다. 기가 막힌 가발을 만들었다면서. 가발을 쓴 이는 가발로 멋을 부릴 수는 있다. 그러나 가발을 벗으면 도로 대머리가 나타난다. 그 사람의 본래 모습이 나타나는 것이다. 이게 진짜 문장 아닐까? 그 사람의 얼굴을 그대로 드러내는 것. 문체는 글쓴이의 개성을 그대로 드러내는 것이다. 가발로 그 사람의 본래 머리 모습을 언제까지 다 가릴 수는 없다. 독자는 글을 읽을 때 가발 기술자를 보는 게 아니라 가발을 착용한 이를 본다.

청소년소설의 문체는 단연코 일반소설의 문체와는 다르다. 청소년소설을 쓰는 작가는 청소년을 의식하지 않을 수 없기 때문이다. 독자가 곧 작가의 문체를 결정하는 경우다. 청소년은 어른도 아니면서 어린아이도 아니다. 그러기에 그들의 사고방식이나 그들이 쓰는 언어 또한 다른 계층과 차별성이 두드러진다. 이러한 이유는 그들의 감수성과 세계 인식 방식이 다른 계층과 다르기 때문에 나타나는 현상이다. 이 경우 작가는 랑그에서 벗어나지 못한다. 그러나 작가는 랑그에만 갇혀 있어서는 안 된다. 파롤이라 할 수 있는, 그 작가만의 개성적인 면이 문장에서 드러나야 한다. 이 점은 동화도 마찬가지이다.

내 문장의 바탕

청소년소설이나 동화는 일반소설과 다른 독자 계층을 상정하여 쓴다. 그러나 그렇다고 해서 작가 이름을 가렸을 때 천편일률적으로 똑같은 문장의 체취를 풍겨서는 안 된다. 작가 이름을 가리더라도 누구의 글인 줄 아는 것. 그게 작가의 개성적인 문체일 것이다. 청소년소설이나 동화에서 랑그를 벗어날 수는 없지만 파롤도 신경 써야 한다. 그래야 작가의 문학적인 체취가 드러난다. 작가는 개성이 있어야 작가이지 개성이 없는 글을 써대는 작가는 문학을 하는 게 아니다.

　나는 '서정과 해학'을 내 문장의 바탕으로 삼는다. 어떤 형식의 글에선 서정적인 문장을 구사하지만 또 다른 형식의 글에선 해학성을 기본으로 삼는다. 때로 서정성 안에 해학성을 집어넣기도 하고 거꾸로 해학성 안에 서정성을 깔기도 해서 구별이 아주 뚜렷한 건 아니다. 대체로 청소년소설과 어린이소설(고학년 동화)에는 서정성이 깔리고, 동화(저학년 동화)에서는 해학성이 바탕이 되는 경우가 많은 것 같다. 희곡의 경우는 전통 판소리에 바탕을 둔 해학성 묘사와 대사를 즐겨 쓰는 경우가 많다. 일반소설에선 풍자와 상징을 즐겨 쓰는데 이는 해학성에 바탕을 둔 것이라 할 수 있다. 잘하든 미숙하든 이게 나의 개성이다. 이런 나의 개성이 곧 나의 문체이다.

　더불어 어떤 글을 쓰든 조심하는 게 있다. 될 수 있으면 화려하게 하지 않으려 하고 격에 맞는 문장을 쓰려 하는 것. 절집에선 '선가구감'으로 더 잘 통하는 서산 대사의 '선가귀감(禪家龜鑑)'에 이런 말이 나온다.

學未至於道 衒耀見聞 徒以口舌辯利 相勝者 如厠屋塗丹艧

배움이 아직 도에 이르지 않았는데도 남에게 자랑하려 하고 말재
주를 부려 남을 누르려 하는 것은 마치 측옥(뒷간/측간/칙간/정랑/해
우소, 즉 변소)에 단청 입히는 거나 마찬가지이니라.

　말재주만 부려 남을 누르려 하는 건 마치 변소에 단청 하는 거
나 마찬가지이니라! 수행자들이 자기 자랑하고 말을 화려하게 해
서 남을 누르려 하는 건 바로 변소에 화려한 단청을 하는 거나 마
찬가지다! 나는 이 말에서 모든 사물은 제 모습대로 있으면 그만
이다, 를 본다. 그게 제격이다. 그뿐인가. 우리 속담에도 문장과
관련해 음미해볼 만한 말들이 많다. 개 발에 편자 박지 말고, 돼
지 목에 진주 목걸이 걸지 말고, 속곳 고쟁이에 단추 달지 말라는,
말! 버섯이나 뱀이 화려하면 화려할수록 독버섯이나 독사인 경우
가 많다. 문장도 마찬가지일 터. 글이 화려하면 할수록 알맹이가
없는 경우가 많다. 나는 제격에 맞는 문장을 쓰려고 이런 말들을
머릿속에 박아놓고 글을 쓴다. 말만 번지르르하다고?

— 〈시와 동화〉 2012년 겨울호

다 이야기하지 말자

인간은 표현 욕구를 지니고 있다. 그 표현 욕구는 이야기를 낳았다. 그러나 자신의 사정을, 혹은 자신이 속한 집단의 사정을 있는 그대로 드러낸다고 다 이야기가 되는 건 아니다. 나아가 이야기 자체가 바로 소설이 되는 건 더더욱 아니다. 이야기와 소설을 가르는 것, 그게 뭘까?

이야기가 이야기로 그치지 않고 소설이 되게 하려면 여러 가지 고려할 점이 있지만 이번 응모 작품을 보며 느낀 점만 말해본다.

첫째, 작가가 아는 모든 일을 풀어놓지 않아야 한다. 작가는 자신이 알고 있는 모든 정보를 독자에게 다 제공하고 싶어 한다. 하지만 현실의 삶에서도 미주알고주알 다 털어놓는 사람의 말은 다들을 필요가 없다. 일단 지루하고, 안 들어도 다 짐작할 수 있는 일이 많다. 말하는 당사자는 중요하게 여기지만 듣는 사람은 들어도 그만 안 들어도 그만이다. 소설의 독자에게 안 들어도 그만인 이야기는 그다지 중요한 일이 아니므로 그런 정보는 제공하지 말자.

둘째, 이야기를 제공하는, 이야기하는 이가 누구인가도 중요하다. 집안의 똑같은 사안이라도 며느리 자리에서 보는 것 다르고 시어머니 자리에서 보는 것 다르다. 누가 이야기하느냐에 따라 이야기의 내용과 분위기가 달라진다는 말이다. 게다가 그 이야기를 누가 듣는가도 중요하다. 집안의 이야기를 남에게 하는가, 가족에게 하는가에 따라 이야기의 수위나 범위가 달라진다. 이점은 청소년소설의 주체와 독자의 문제로 연결된다고 할 것이다.

셋째, 이야기는 주로 음성언어인 말로 한다. 그런데 소설은 문자언어인 글로 쓴다. 물론 소설에서도 입말 투로 하자고 주장하는 이들이 많다. 일면 수긍이 가는 점도 있으나 현실적인 한계도 분명하다. 입말로 써놓는다고 다 글말이 되는 건 아니다. 분명 구어체와 문어체의 특징은 다르다. 그 특징을 무시하고 무조건 하나로 통일하는 건 바람직하지 않다. 소설 전체를 구어체로 할 수도 없거니와 구어체는 구어체가 들어갈 자리에 들어가야 효과가 있다. 음성언어와 문자언어의 차이와 효과를 알고 구사를 잘해야 좋은 소설이 된다.

응모 작품을 보니 참으로 이 시대 청소년들은(또는 청소년에게) 할 말이 많다. 청소년이 화자가 되면 '어른들은 몰라요!' 류의 '까칠한' 내용이 들어가고, 어른이 화자가 되면 '애들은 가라!' 하는 '뱀장수 화법'이 되어 한 수 가르치려는 내용이 들어간다. 일단 세 작품을 보자.

「눈의 여왕」은 미혼모인 엄마의 교통사고 때문에 벌어진 '엄마의 과거사와 나의 현재사'를 다루는 이야기다. 나는 아빠가 누군지 모른다. 할아버지는 '사고를 친' 딸을 달갑지 않게 여겨 나까지 외면한다. 그러다 눈물 없이는 볼 수 없는 예전의 한국 영화 같은 통속적인 결말을 짓고 만다. 갈등하는 인간들의 관계가 있어 충분히 서사를 이룰 수 있는 요소가 들어 있다. 그런데 인물이 할아버지 말고는 살아 있지 않다. 끝없이 전통적인 부덕을 보여주는 할머니는 그렇다치고, '나'는 너무 '슬겁다'. 자신의 환경이 그런 '나'를 만들었겠지만 펄펄 살아 있는 모습을 보여주는 인물상은 아니다.

「메리 택배 크리스마스」는 화자를 달리 설정하기 위해 날짜를 적은 뒤 화자가 되는 인물의 이름을 적어 그 인물의 입을 통해 사건을 알게 한다. 잘못 배달된 택배물(702호와 802호), 잘못 적힌 이름(엄마 우은영과 화자의 한 사람인 유은영의 차이에서 오는 착각), 청소년과 꿈, 공부 잘하는 남학생과 공부 못하고 미모인 여학생, 권위적이거나 비현실적인 어른들……. 이야기의 설정이 너무 상투적이거나 도식적이어서 그다지 새로움이 없다. 인물이 새로워야 새로운 이야기가 생기는데 인물의 첫 모습만 보면 너무나 뻔한 '속이' 다 들여다보인다. 「메리 택배 크리스마스」를 꿈과 연결시키고, 나중엔 택배회사의 이름으로까지 하자는 발상, 너무 '동화적'이다.

「삼색 슬리퍼」는 집을 나와 지내는 청소년 이야기다. 강수는 집을 나와 어찌어찌하다 지하철에서 소매치기를 하고, 그 장면을 민규한테 찍히고 만다. 고아원 출신인 민규는 자신이 찍은 휴대전화기의 동영상을 미끼로 강수를 괴롭히며 돈을 챙긴다. 그럼으로써 이야기는 뻔하게 진행되어 간다. 그 동영상을 지우려는 강수와, 지웠다고 거짓말을 하며 계속 강수를 옭아매는 민규. 아, 그런데 반전이 그럴싸하다. 그토록 반목하는 강수와 민수가 같이 가는 것이다. 이 부분도 뻔한 결말을 짓는 텔레비전 연속극 같지만, 그럼에도 할 말을 다 하지 않고 삼킨 채 끝나서 봐줄 만하다. 작가는 할 말을 다하는 게 아니라, 말을 다 하지 않음으로써 독자가 더 많은 사실을 떠올리게 하는 존재이기도 하다. 그런 점이 이 작품을 추천하게 하였다.

응모작품 공히 첫 단락을 조심해야 한다. 신인들은 대부분 첫 단락에서 작품의 정보를 설명하지 못해 조바심을 내는 것 같다. 바로 사건의 묘사로 들어가는 게 독자의 호기심도 더 자극할 수 있고, 작품 형상화 측면에서도 더 낫다. 그런데 작가가 화자의 입을 빌려 자꾸만 '진술'을 먼저 한다. 진술이 아닌 묘사를 하자. 독자는 묘사만 해놓아도 작가가 무슨 말을 하고 싶어 하는지 다 안다. 소설은 정치가의 연설문이 아니다. 무슨 일이 있었는지(일어날 것인지) 굳이 설명하지 말자!

—⟨어린이와 문학⟩ 2012년 3월호

옳고 그름보다 울림을 줄 것

'태양은 도덕적이지도 부도덕적이지도 않고 있는 그대로 존재한다. 그러나 태양은 어둠을 몰아낸다. 예술도 그와 같다. 태양이 없을 때 그것을 창조하는 건 예술가의 몫이다.'

프랑스 작가 로맹 롤랑의 말로 기억하는데, 이 말 속엔 무엇보다 예술이 필요한 이유가 들어 있다. 그에 따르면 예술은 태양과 같은 역할을 한다는 것이다. 이래라저래라 참견하지도 않고 옳으니 그르니 하지도 않지만, 태양은 아침이 되면 다시 떠올라 밤사이 세상을 지배했던 어둠을 밀쳐낸다.

청소년소설도 이와 같아야 하지 않을까? 청소년 독자에게 이래라 저래라 하지도 않고 뭐가 옳으니 그르니 하지도 않지만 작품을 다 읽고 나면 청소년 독자에게 뭔가 울림을 주는 것, 그게 청소년소설의 몫 아닐까? 일반소설도 그러하지만 청소년소설은 특히 더 그래야 하리라.

청소년소설의 응모작이 몇 편 안 되었지만, 이만큼도 그야말로 '감개무량'하다. '청소년소설'이라는 말 자체를 쓰지 않던 시절을 건너온 나로선 감개무량이라는 말을 쓰지 않을 수 없다.

청소년소설에 반드시 청소년이 나와야 하는 건 아니다. 어른만 나와도 무방하다. 어른의 문제 가운데 청소년의 문제로 이어지는 소재이면 충분하다. 어른 사회의 문제만 제시해도 그 속에 청소년의 문제가 같이 들어 있는 경우가 많다. 그리고 대부분 답도 같이 들어 있다. 그래서 작가가 답을 미리 고민해야 하는 건 아니다. 작가는 질문만 잘하면 된다. 답은 독자가 제각기 생각해서 제시하게 해야 한다. 그러나 작가의 강박은 뭔가 '그럴싸한' 해결책을 제시하려 한다. 작가가 굳이 정해놓은 결론을 제시할 필요가 없다. 태양은 자신의 역할이 무엇인지 모른다. 그러나 어둠을 몰아낸다!

응모작을 읽으며 청소년소설의 존재 이유와 청소년소설에서 다루어야 하는 것들을 놓고 고민했다. 그리고 언어를 도구로 하는 문학의 속성에 대해서도……. 누가 읽어도 같은 생각이었으리라. 같이 작품을 읽은 이경화 선생의 의견도 이와 같았다.

「다 봤다」는 작가의 의욕이 지나치게 '마구' 드러나는 작품이다. 그래서 이런저런 삽화를 많이 집어넣었다. 형에게 치인 동생, 쌍둥이 자매에게 소외되는 동생 등. 그런데 제목 '다 봤다'를 먼저 정해놓았는지, 그 제목에 걸맞은 이야기를 억지로 꿰어 맞추는 듯한 느낌을 받았다. 농구공을 매개로 하여 두 삽화를 이어 붙이려한 의도는 좋은데, 매개와 두 갈래로 전개되는 이야기가 좀 생뚱맞았다. 무엇보다도 문장이 매끄럽지가 않고, 내용 또한 비약이 많아 독자가 애써 이해하며 읽어야 했다.

「움켜쥔 희망, 일 달러」는 요즘 우리 사회의 '급 관심사'인 노사 문제를 다루었다. 그러나 목소리를 높이지도 않고, 누구를 타이르지도 않았다. 그냥 보여주기만 함으로써 작품의 의도를 알게 했다. 특히 주인물의 심리 묘사를 통해 여러 정황을 알게 함으로써, 이런 작품이 흔히 범하기 쉬운 '정치적으로 올바른' 훈계를 피할 수 있었다. 대한민국의 돈인 원화와 아메리카 돈인 달러 바꾸기를 통해 주인물 가정의 상황이 저절로 드러나게 한 점은 압권이었다.

「새엄마 차민지」는 요즘 아이들의 '쿨한' 면을 보여주려 했는데 공감이 잘되지 않았다. 우리 시대는 이미 이혼과 재혼의 과정을 많이 겪는다. 그래서 새엄마, 새아빠, 새 형제자매 등 새 가족 간의 갈등이 많이 부각되기도 한다. 온갖 문학 작품이나 텔레비전 연속극에 그런 갈등이 자주 등장하는 이유는 세태의 반영이리라. 주인물의 내면 심리 묘사가 거의 없어 그 인물의 속내를 알 수 없고, 새엄마로 등장한 차민지의 속내 또한 알 수 없었다. 오로지 작가의 의도만 알 수 있는 작품이었다. 아이 어른 할 것 없이 모두 '발랄하고 쿨하다'는 것을 보여주려 했을까?

「소음」은 앞뒤 연결이 잘 안 되었다. 이 작품 속의 인물이 소음에 대해 왜 '저항의 기억'을 가지고 있는지 잘 안 나타나 있다. 소설은 현실에서보다 더 자연스러운 인과관계가 맺어져야 한다. 그럴싸해야 한다. 그게 개연성이리라. 독자가 작가의 속뜻을 짐작해가며 작품을 끝까지 읽을 수는 없다.

「어디선가 꽃향기가 난다」는 제목 빼고는 좋았다. 제목이 더 간결하고 작품 전체를 아우를 수 있는 상징성이 들어갔으면 더 좋겠다. 교통사고로 부모를 잃고 할머니와 같이 사는 아이의 이야기이다. 자칫 어른인 작가의 목소리가 끼어들 수도 있는데 잘

절제하고 있었다. 치매 초기 현상을 보이는 할머니의 일상을 주인물의 생활과 연결시켜 조손 세대의 문제를 잘 그려냈다. 물론 두 사람 사이의 갈등은 정신이 멀쩡한 주인물이 더 겪는다. 주인물의 일상과 곁에 있는 친구들을 통해 주인물이 더 드러나게 했다. 주인물의 동선에 끼어드는 부차적 인물들을 혼동하지 말 것!

응모 작품을 같이 읽은 이경화 선생은 「움켜쥔 희망, 일 달러」와 「어디선가 꽃향기가 난다」를 추천했다. 내 생각도 같다. 두 작품을 추천작으로 내보낸다.

청소년소설이 다루어야 하는 영역 내지 소재는 어디까지일까? 내 생각으론 영역이나 소재의 제한은 없다. 이 점은 동화도 마찬가지이리라. 어른들이 이룬 가정과 사회의 문제 가운데에 아이들의 문제로 연결되지 않는 것이 있을까? 더구나 청소년소설의 독자는 동화 독자인 어린아이보다 더 자란 청소년 아닌가? 반드시 동화에 어린아이가 나오고, 청소년소설에 청소년이 나와야 하는 건 아니다. 어른들의 문제든 아이들의 문제든 독자들의 눈높이에만 맞으면 동화가 되고 청소년소설이 될 터이다.

—〈어린이와 문학〉 2013년 9월호

우연, 필연, 개연······
무엇보다 그럴싸하게!

오래 전에 '우리 만남은 우연이 아니야'라는 가사가 담긴 노래가 유행했다. 이 노래가 유행할 수 있었던 까닭은 사람들은 우연히 일어난 일도 중요한 건 다 '필연'이라고 여기기 때문이다. 이는 '우연'을 가장한 '필연'이라는 말을 즐겨 쓰는 까닭을 보면 알 수 있다.

　텔레비전 연속극이나 영화를 보면 헤어지는 장면을 비가 내리는 것으로 설정한 게 많다. 헤어질 때 우연히 비가 내릴 수는 있다. 연인 사이였던 남녀가 헤어지려고 어떤 찻집에서 얘기를 나누고 찻집 앞에 나와 서 있을 때 비까지 주룩주룩 내리면 헤어지는 분위기로는 그만일 터이다. 하지만 그런 설정은 벌써 식상하다. 입에 물려 싫증이 난다는 얘기다. 그런데도 그런 설정이 계속 이어진다. 그런 때에 두 사람이 헤어지지 않게 하려고 연인 가운데 한 사람이 가방 속에서 우산을 꺼내게도 한다. 우연이겠지만, 그날따라 우산을 가방에 넣어올 수도 있다. 하지만 상투적인 혐의를 아주 피할 수는 없다.

문학 지망생들이 자기 작품을 설명하는 자리에서 흔히 하는 말이 '내가 직접 겪은 거'라는 것이다. 이는 자기 작품의 삽화가 좀 그렇다는 비평이 있으면 그 비평을 한 사람의 입을 막기 위해 내던지는 초강수다. 그럴 수는 있다. 실제로 겪은 일, 일어난 일일 수 있다. 필연은 반드시 일어나는 일이기 때문이다. 그러나 그렇게 일어난 일이 반드시 문학적인 건 아니다. 문학작품에선 우연도 필연도 그다지 중요하지 않다.

니체는 『차라투스트라는 이렇게 말했다』에서 '세상은 신들의 도박대이며, 신들도 신들의 탁자인 대지에서 주사위 놀이를 한다'라며 우연을 말했다. 이에 반해, 아인슈타인은 '신은 주사위 놀이를 하지 않는다'며 필연의 법칙이 작용한다고 했다. 아인슈타인은 모든 현상이 측정 가능하다고 생각했다. 그는 측정만 정확하면 예측도 정확히 할 수 있다고 했다. 그러면 우연은 없고 필연만 있다고 했다. 그럼 교차로 같은 데서 '예측 출발 금지' 같은 문구를 흔히 볼 수 있는데, 이 말은 필연적인 측정을 못 하였으면 우연한 행운 같은 건 기대하지 말라는 뜻일까? 그런데 하이젠베르크는 정확한 측정도 어렵고 정확한 예측도 불가능하다고 했다. 그래서 '확률적'인 우주관을 설파했는지 모른다. 그는 1927년에 '불확정성원리'에서 우연의 법칙에 주목했다……

나는 물리학이나 철학 쪽엔 문외한이라서 철학이나 물리학의 개념 정도만 가까스로 이해하여(사실은, 이해했다고 생각하여) 그걸 문학에 원용하곤 한다. 나의 이해는 어쩌면 논리 비약인지 모른다. 하여간 과문한 내가 보기에 주사위 놀이는 '필연'이 지배하는 근대적 세계관과 '우연'이 지배하는 현대적 세계관이 녹아 있는 듯하다.

물론 예술에서 우연성에 기대어 창조활동을 한 예는 많다.

시를 보면 다다이즘 시인들은 무작위로 뽑은 단어로 시를 쓰기도 했다. 독자와의 소통은 전혀 생각하지 않으면서 말이다.

부조리극의 효시라는 『대머리 여가수』엔 대머리는 물론 여가수도 나오지 않는다. 루마니아 태생의 프랑스 극작가인 외젠 이오네스코가 제목을 달 때 영어 교과서를 뒤적거리다가 그야말로 우연히 '대머리'와 '여가수'라는 단어를 조합했다는 후문이다.

우연성 음악의 개척자로 일컬어지는 미국의 작곡가인 존 케이지도 악상을 이어가는 기초인, 가장 짧은 마디인 동기(動機)를 무작위로 추출하여 곡을 썼다는 후문이다.

프랑스 화가 마르셀 뒤샹은 공중에서 실을 떨어뜨려 떨어진 형태 그대로를 작품으로 했단다. 액션 페인팅 기법을 즐겨 쓴 화가 잭슨 플록은 물감을 흩뿌려 작품을 생산했다. 잭슨 플록은 작품의 결과보다는 작품이 만들어지는 과정을 중요시했는데, 그 당시엔 엉뚱하다고 여겨졌던 작품이 지금은 추상표현주의 작품이라고 일컬어진다.

그런데 나는 문학 지망생들에게, 우연에 기대지 말고 필연이라고 우기지 말고, 개연성 있게, 즉 그럴싸하게, 있음직하게 써야 한다고, 늘 말한다. 문학에선 연이 세 낭자 중 개연이 으뜸이라면서 말이다!

개연성은 어쩌다 일어나는 우연도 아니고, 반드시 일어나야 하는 필연도 아니다. 다만 그럴싸한, 있음직한 일이다.

'우리 만남은 우연이 아니야'라는 가사엔 우연을 필연이라고 하고 싶은 사람의 심정이 담겨 있다. 파스퇴르는, 우연은 기다리는 자에게만 온다, 고 했다. 그야말로 '그냥 우연히' 생기는 일은 없다는 얘기일 터!

— 〈한국산문〉 2014년 10월호

겉모습을 그리는 건
속 모습을 알기 위한 것

흔히 '빙산의 일각'이라는 말을 하는데 이게 똑 글쓰기와 닮았지 않았나 하는 생각이 든다. 바닷물은 그 바닷물이 함유하고 있는 소금 비중에 따라 다르지만, 대부분의 빙산은 1/10쯤이 물 밖에 나와 있고 9/10는 바닷물 속에 잠겨 있다고 한다. 글쓰기는 물 밖에 나와 있는 1/10(표면)을 묘사함으로써 물속에 잠긴 9/10(이면)를 알게 하는 것이라 생각한다. 그런데 초심자는 9/10를 설명하지 못해 안달한다. 그러면 글은 되레 읽을 맛을 잃고 만다. 독자가 상상하며 독자의 몫을 챙길 여지를 남기지 않으므로…….

글에선 '다 말하지 말아야 한다.' 글이란 작가 자신이 알고 있

다고 다 설명하며 독자에게 전해주는 게 아니다. 작가 몫, 독자 몫
이 따로 있어야 좋은 글이다.

조선 시대 화가들이 이런저런 사정으로(자신의 창작 욕구 발동보
다는 남의 청으로 그린 게 더 많아서) 그린 춘화를 보면 글쓰기의 묘
체를 알 수 있다. 당시의 이름난 화가가 그린 어떤 춘화를 보면 백
주 대낮의 초가집, 마루 밑 섬돌에 두 켤레의 남녀 신발, 그 가운
데 한두 짝은 뒤집어져 있고, 닫혀 있는 문이 그려져 있다. 이게
춘화다.

이 그림을 보고 자기가 느낄 수 있는 만큼만 느끼는데, 성장을
덜한 어린아이들은 '더운데 왜 문을 닫고 있지?' 정도의 의문을
가질 테고, 성장을 한 어른들이라면 '고개를 끄덕일 것'이다. 그
래서 어떤 이에게는 그 그림이 한낮의 정취를 그린 단순한 풍경
화(표면/ 겉모습)이지만, 어떤 이에게는 아주 외설적인 장면(이면/
속 모습)을 그린 춘화일 수도 있을 것이다. 성장이란 이렇듯 단순
한 생각에서 복잡한 생각으로 나아가는 것일 수도. 물론 복잡한
생각이 항상 좋은 성장은 아니지만…….

문학에서 표면(겉모습)을 묘사하는 이유는 이면(속 모습)을 더

잘 드러내기 위해서이다. 그리고 성장이라 하는 건 어찌 보면 단순한 생각에서 복잡한 생각을 하게 되는 것을 이르는지도 모른다.

그렇다면 낙마한 벼슬아치들의 표면과 이면은? 진도 바다에 잠겼던 세월호 사건의 표면과 이면은? 겉으로 드러난 것을 조금만 봐도 드러나지 않은 많은 것을 알 수 있으니, 이 또한 글감이 될 수 있으리⋯⋯.

— 청소년문화웹진 〈킥킥〉 2014년 7월

산에 오르는 길과 문학의 길

산에 오르는 방법, 즉 산꼭대기에 이르는 길은 여러 가지이다. 힘들더라도 곧장 일직선으로 올라가는 이가 있는가 하면, 힘이 덜드는 지름길을 찾아 돌고 돌아 오르는 이, 남이 가는 길보다는 남이 가지 않는 샛길을 좋아하는 이 등 저마다 제가끔 산꼭대기에 이르는 방법이 다 다르다. 산꼭대기에 먼저 다다른 이가 내려다보면 각자가 취한 방법에 대해 '훈수'를 해주고 싶은 마음도 들것이다. 산꼭대기에 이르는 방법은 곧 문학의 방법과도 같다는게 내 생각이다.

이른바 순수문학을 한다고 하는 문학 지상주의자들은, 말로는목숨 걸고 문학을 한다지만 이 나이 먹도록 그들이 문학에 목숨 거는 걸 보지 못했다. 술에 목숨 거는 이들을 가끔 보긴 했지만 말이다. 그들은 결코 산꼭대기에 올라가지 않는다. 산 아래에서 산을 쳐다보며 산꼭대기를 감싸는 구름이 아름답네 어쩌네 하거나, 산 아래 계곡에 발 담그고서 고기나 구워 먹으며 담배를 맛있게 피우며 신선이 따로 없다 하기도 한다. 그들은 산이 높네, 물이 시원하네, 자연은 역시 아름답네 어쩌네만 들먹이며, 끝내 산꼭대기엔 가지 않고 산이 지닌 것에 대해 '품평'만 한다. 그들은 산 자체에 대해선 쓰지 않는다. 그들이 있는 산 아래에서 보는 '정경'과 자신들이 '품평'한 것에 대해서만 쓴다. 그러면서 산에 대해 다 안다고 생각한다.

이에 비해 민중문학자들, 즉 참여문학자들은 산에 가긴 간다. 그들은 여간해선 산 아래에서 고기나 구워 먹으며 음풍농월하지 않는다. 근데 산길을 걷는 동안 계속 투덜댄다. 배낭에 수건을 넣었네 안 넣었네, 신발이 맞네 맞지 않네, 갈증이 나네 어쩌네 하며 계속 투덜댄다. 그러는 사이에 산꼭대기에 이르긴 이른다. 문제는 거기서부터이다. 그들은 오로지 자신이 온 길로만 다른 사람도 올라오길 바란다. 다른 길로 자신이 있는 곳으로 온 이가 있으면, 산꼭대기에 오르는 방법의 다양성을 인정하기보단 아주 잘못된 것으로 재단하며 다음번에는 그 길로 오지 말라고 훈계한다.

문학 지상주의자들이여! 정경 묘사만 하지 말고, 품평만 하지 말고 산꼭대기에 한번 직접 올라가보시라. 그러면 자신의 말이 얼마나 부질없는지 알 것이로다. 참여문학자들이여! 그만 투덜대고 묵묵히 산에만 그냥 올라갔다가 내려오시오. 그러면 훨씬 더 '있어 보일' 텐데, 왜 그렇게 자신의 방법만을 고집하며 가르치려 드는가? 성급한 결론인지 모르지만, 문학을 하는 사람 모두들 '품평'만 하지 마시고, '투덜대지도 마시고', 일단 산꼭대기에 올라가보시기를!

작가는 기본적으로 타인의 삶에 공감을 하는 데서 글쓰기를 출발한다. 타인의 삶을 잘 들여다보면 나의 삶은 물론 내 속에 있는 타인도 잘 들여다보인다. 그래서 작가는 진정한 의미의 진보주의자는 아닐지라도 '진보적'일 수밖에 없으며 '참여적'일 수밖에 없다. 먼저 내 밖의 타인의 삶에 공감해야 자칭 순수문학파적인 관념에 떨어지지 않는다. 그래서 '현장'이 매우 중요하다. 현장은 자신의 시각을 교정할 중요한 공간이다. 현장을 자주 보아야 순수문학파들이 흔히 범하기 쉬운 관념에 빠지지 않고 더불어 민중문학파의 등산 길라잡이 같은 독선을 부리지 않게 된다.

순수하다는 게 뭘까? 포도주의 풍미는 잡것에서 난다는데, 순수하게 끓인 증류수엔 생명이 못 살고 무균 상태에서도 생명체가 못 사는데……. 근데도 사회 현실을 외면한 문학인들은 순수를 주장한다. 이들은 이른바 예술지상주의를 표방하며 순수문학을 주창한다. 하지만 그들은 자기 관념에 빠져서 난해 시 등을 남발한다. 어쩌면 그런 난해한 글은 많은 사람들이 안 읽기에 독자 대중은 피해를 덜 받는 역설도 가능하다. 이에 비해 참여문학 내지는 민중문학자들은 자신만이 옳다고 하는 고집이 대단하다. 그러기에 계몽 시 등을 쓰기도 한다. 높은 산을 오를 때 마치 산 아래 기지에 있는 등산 대장처럼 굴며 대원들만 산에 갔다 오게 하는데 그것도 자신이 갔다 온 길로만 다녀오라고 하는 짝이다. 문제는 그 고집이 독자 대중에게 피해를 주기도 한다는 것이다. 하여튼 순수문학이 있을까? 사람은 기본적으로 세상의 모든 사람살이와 관계를 맺기에 애초에 삶은 참여적일 수밖에 없다. 그렇다면 문학도 삶을 쉽게 떠나지 못하리…….

— 〈경기일보〉 2014년 3월

씨동무, 어깨동무······ 그 많던 동무들은 대체 왜 사라진 걸까?

얼마 전 어떤 문학 강의에서 내가 좋아하는 말 몇 가지를 들었는데, '동무'라는 말을 포함시켰다. 우리 또래가 어렸을 땐 동무라는 말을 잘 썼는데 어느 때부턴가 동무 대신 친구나 벗이라는 말을 쓰기 시작했다.

옛날 아이들이 부르던 노래 가운데 '어깨동무 씨동무 미나리 밭에 앉았다/ 동무 동무 씨동무 보리가 나도록 씨동무/ 동무 동무 까치 동무 예쁘게 예쁘게 날아라' 하는 노래가 있다. 그걸 보면 동무는 오래 전부터 쓰던 말이란 걸 알 수 있다. 우리가 초등학교 다닐 때에 창간된 어린이잡지 이름은 〈어깨동무〉이기도 했다. 〈어깨동무〉는 박근혜 대통령의 어머니가 관계한 잡지이기도…….

윤석중 노랫말에 홍난파가 곡을 붙인 동요 가운데 '동무들아 나오너라 달맞이 가자/ 앵두 따다 실에 꿰어 목에다 걸고/ 검둥개야 너도 가자 냇가로 가자'를 어렸을 때 곧잘 불렀는데, 어느 샌가 '동무' 대신 '아가'로 바뀌어 노래가 이상해졌다고 느꼈다. '아가야 나오너라/ 달맞이 가자'로……. 이게 다 '동무'라는 말을 북쪽에서 먼저 써서 대한민국에선 금기어가 된 까닭이다.

금기어가 된 말 가운데 아까운 것 또 하나는 '인민'이라는 말이다. 단편소설 「김강사와 T교수」를 쓰기도 한 헌법학자 유진오에 따르면 제헌 헌법이 처음엔 '대한민국의 주권은 인민에게 있고 모든 권력은 인민으로부터 발한다'로 되어 있었다고 했다. ('~로부터'는 '~에게서'로 써야 우리 말법이다. 생전의 이오덕 선생은 신영복 선생의 『감옥으로부터의 사색』이 내용은 참 좋은데 제목은 안 좋다고 늘 말씀하셨다.)

우리 또래가 영어를 배울 때 전치사 of, by, for의 용법을 익히기 위해 많이 접하게 되는, 아메리카 합중국 대통령 링컨이 게티즈버그에선가 한 연설로 알려진 'government of the people, by the people, for the people(인민의, 인민에 의한, 인민을 위한)'이 어느 새 '국민의, 국민에 의한, 국민을 위한'으로 바뀌기도 했다.

government에 the를 안 붙이면 정치가 되고 the를 붙이면 정부가 된다고 배우기도 했다. 그건 그렇고 인민을 영어로 하자면 'people'이고 국민은 일제의 '황국신민(천황 나라의 신하와 백성)'을 줄인 말이란다. 하여간 인민은 자유로운 사람이고 국민은 나라를 구성하는 분자일 뿐이다. 그래서 국민학교도 진즉에 초등학교로 바뀌었는데, 다시 '국민'을 강조하는 시대가 되었다. 게다가 홍난파도 유진오도 친일파로 분류되는 걸 보면 묘한 느낌도…….

— 청소년문화웹진 〈킥킥〉 2015년 4월

제3부

청소년문학과
소통하기

청소년소설을 쓰고자 하는
나의 학생에게

좋은 문학은 좋은 질문을 지니고 있다. 삶의 거죽을 통해 삶의 본질을 묻는 질문. 문학은 그렇게 물어야 한다. 물론 좋은 질문은 질문 속에 이미 답도 같이 가지고 있다. 청소년들이 보이는, 청소년들에게 일어나는 일들에 대해 언론이 다루는 방식과는 다르게 질문해야 소설이 된다. 그런데 지금 유행하는 청소년소설은 좋은 질문이 없다. 그러니 당연히 좋은 답도 없다.

요즘 청소년소설에 대한 우려를 하나 더 이야기하자면 작가들이 현실의 문제를 너무 단순화하거나 희화화한다는 것이다. 그렇기에 소설에서 보여주는 '문제가 문제로 제시되어 있긴 하지만 전혀 문제로 느껴지지 않는 게 문제'인 경우가 많다. 문제로 느껴지지 않으면 어떻게 되는가? 소설이 자칫 오락거리로 전락하고 만다. 그저 시간 죽이기로 읽으면 그만인 것이다. 소설은 기본적으로 문제적인 인간의 삶을 다룬다. 독자는 불편하더라도 소설이 제시한 문제를 통해 자신과 자신을 둘러싼 사회에 대해 성찰을 한다. 이 점을 작가들이 놓치지 않으면 좋겠다.

— '좋은 질문을 하는 작품을 써야 한다', 『청소년문학의 자리』 42쪽에서

청소년소설을 쓰고자 하는 나의 학생에게

좋은 질문을 하는 작품을 써야 하는 게 비단 청소년소설에서만은 아니야. 어른을 독자로 한 소설에서도 마찬가지이지. 그런데 청소년을 독자 대상으로 한 소설에서는 '좋은 질문'이 더욱 중요해. 그건 바로 청소년이 이제 막 삶을 시작하는 단계에 서 있기 때문이야.

삶은 어찌 보면 질문으로 구성되어 있어. 딱 정해진 정답으로 삶이 구성되어 있지 않아. 청소년은 더구나 정해진 답안대로 삶을 살고 있지 않아. 그런데도 어른들은 자신들이 정해놓은 답안을 금과옥조로 여기며 청소년을 거기에 끼워 맞추려 애쓰지. 그래서 청소년소설을 보면 대부분이 '한 수 가르치려는 인생 선배

의 훈화집'처럼 씌어져 있어. 당연히 청소년들은 그런 소설은 보지 않아. 하도 들어서 지겨워. 거의 답을 외울 정도이거든. 물론 답대로 살지 않지. 답은 그저 대답을 하기 위한 답일 뿐이야. 그런데도 어른들은 그들에게 끊임없이 맞춤형 답을 요구하며, 답이 뻔한 문제를 제시하지.

아무튼 청소년들이 보기엔 어른들이 제시한 문제가 문제로 느껴지지 않아. 바로 그게 문제야. 그럼 어떡해야 할까? 문제를 문제로 느낄 수 있는 질문을 해주어야 해. 『반지의 제왕』을 쓴 톨킨의 말대로 해답은 문제 옆에 있어. 그뿐인가? 오기로 독배를 마시고 죽은 소크라테스는 문제 속에 해답도 있다고까지 했어. 그렇다면 청소년 독자가 읽을 청소년소설이 어찌해야 하는가는 분명해졌지? 소설 속에서 미리 짜 맞추어진 답을 제시하기보단 질문만 잘 던져주면 돼. 좋은 질문 속엔 해답도 같이 들어 있을 테니!

소설 속에 등장하는 인물은 기본적으로 '문제적 인물'이야. 그러나 그가 가진 문제가 문제로만 끝나지 않지. 작가는 등장인물의 문제를 통해서 삶의 비의를 슬쩍 일러주지. 독자는 그걸 보면서 알게 모르게 성장을 하는 거고. 말하자면 영혼의 성장을 하는 거지. 청소년을 독자 대상으로 한 소설에선 더욱 영혼의 성장에 신경 써야겠지. 그렇다고 성장을 자칫 계몽성과 교육성을 합한 훈화로 생각하면 안 돼. 그러자면 답을 일러주지 말고 질문을 잘

해주어야겠지. 등장인물의 문제를 통해 스스로의 문제까지 해결
할 수 있게 말이야.

— 〈도서관협회 문학나눔 행복한 문학편지〉 2012년 7월

청소년문학,
이제는 소통을 꿈꿀 때

계간 〈청소년문학〉은 지난 2006년 여름 창간호 특집에서 청소년 문학이 자리를 잡아가는 모습을 짚어보고, 그 미래를 호기롭게 점쳐 보았다. 그러나 그로부터 1년이 지난 지금, 청소년문학은 여전히 개념조차 온전히 정리되지 못한 채 제자리걸음을 하고 있는 것이 현실이다. 이번 특집에서는 좌담을 통해 다시 한번 청소년 문학의 개념과 현실을 세밀히 진단하고 그로부터 새로운 가능성 과 과제를 정리하는 한편, 〈청소년문학〉이 나아갈 길을 모색하고 자 한다.

일   시 | 2007년 9월 17일

장   소 | 나라말 출판사 회의실

참석자 | 김주환(안동대 교수), 박상률(작가, 〈청소년문학〉 편집주간),

　　　　박정애(작가, 강원대 교수), 임영환(〈청소년문학〉 편집위원, 서울 우신고 교사)

청소년문학의 존재 이유는 청소년의 고유한 정체성으로부터

김주환 이제는 '청소년문학'이라는 말이 비교적 널리 알려져 있음에도, 아직까지 그 개념은 명쾌하게 정리되어 있는 것 같지가 않습니다. 아무래도 이야기를 여기서부터 풀어나가야 할 것 같은데요. 청소년문학의 개념에 대해 원론적인 이야기부터 시작한다면 논의의 구체성이 떨어질 수 있으니, 먼저 청소년문학이 정말 필요한 것인지, 그리고 가능한 것인지부터 검토해보면 어떨지요.

박상률 좋습니다. 바꿔 말하면 어린이문학이나 성인들을 대상으로 하는 일반문학과 달리 왜 청소년을 위한 문학이 따로 필요한가 하는 것이겠군요.

임영환 결국 정체성의 문제일 것 같습니다. 청소년의 고유한 정체성을 인정한다면 청소년문학도 필요하다고 말할 수 있을 것이고, 인정하지 않는다면 필요하지 않다고 볼 수 있겠죠. 제가 보기에 청소년들에게는 분명히 나름의 세계가 존재합니다. 그들만의 고민과 관심사, 어른과는 다른 내면 풍경이 있지요. 그런 것들이 바로 청소년의 정체성이 아닐까 합니다. 그런데, 학교에서 가르치는 문학은 사실 대부분 성인 취향이라고 할 수 있습니다. 특히 사오십 대 남성들의 감성에나 맞는 소재와 주제들이 많아요. 그것이 꼭 나쁘다고 말할 수는 없지만 그런 소재로만 접근하다 보니 아이들이 문학에 흥미를 갖기 어렵다는 문제가 있습니다. 문학 교육을 통해서 오히려 문학을 싫어하게 되는 역효과가 난다고 할까요. 기본 텍스트인 문학이 아이들의 관심을 끌지 못하기 때문에 읽기와 쓰기 교육도 파행으로 흐르는 면도 많고요. 현장에서는 이런 어려움을 많이 느낍니다. 청소년을 대상으로 하는 문학이 없기 때문에 생기는 문제지요.

박정애 그러면 어른들과 달리 청소년들이 관심을 갖는 소재나 주제란 어떤 것들일까요?

임영환 글쎄요. 아이들이 워낙 복합적인 존재이다 보니 한마디로 정의 내릴 수는 없겠지요. 어쨌든 어른들보다 순수하고 예민한 것만은 틀림없습니다. 우리 자신이 사춘기 시절로 돌아가 생각해봅시다. 그러면 지금과는 많이 다르지 않았나요?

박정애 제 십 대를 돌아보면 좀 위태로운 느낌이 들어요. 왜, 나치나 아프리카 범죄 단체가 조직을 만드는 모습을 보면 거의 어린 청소년들을 데리고 군대를 만들잖아요. 아이들은 쉽게 세뇌되고, 저돌적이고, 헌신적이니까요. 그래서 더 폭력적이고 잔인할 수도 있고요. 저만 해도 열정은 있는데 쏟을 데가 없어서 어쩔 줄 몰랐던 것 같아요. 그때 저는 현대사와 관련된 책을 읽으면서 이런 생각을 했어요. '아, 나는 예전에 태어났으면 아주 잔인하게 보수 반동을 처단하는 열혈 공산당원이 되었겠구나.(웃음) 또, 뭔가 일이 잘 안 풀리거나 집안에 문제가 생기거나 하면 확 죽어버리고 싶다는 충동도 쉽게 느끼고요. 저는 그 시절에 책이라도 열심히 안 읽었으면 어떻게 됐을까 싶어요. 책을 읽으며 대리 체험을 많이 해서 그나마 살아남은 것 아닐까 하고. 실제로 주변에 겉으로 보기에는 남부러울 것 하나 없는데 목숨을 버린 친구도 있었어요. 그 시기에는 돌아보면서 의심하고 성찰할 겨를이 없기 때문에 극단적으로 몸을 던져버리는 거죠. 그 대상이 사랑이나 우정이든, 이념이든, 폭력이든, 마약이든…… 생각해보면 청소년에게 문학이 해야 할 역할이 바로 여기에 있지 않나 싶어요. 한번 돌아보게 만드는 것 말입니다.

박상률 제가 작품을 쓰면서 늘 머릿속으로 생각하는 게 이런 겁니다. 어른들은, 그러니까 일반문학은 자기 길을 알고 가요. 100미터 앞에서 우회전인지 좌회전인지, 신호등 앞에서 멈춰야 하는지 건너야 하는지 말이에요. 그런데, 청소년들은 차를 이제 막 몰기 시작하기는 했는데, 길을 모르고 가요. 어린이는 뭐, 아직 차도로 들어오지도 않고 인도를 걷거나, 그보다 더 어린 유아는 아예 기어가는 거고요. 청소년은 어른과 거의 똑같이 차도로 달리는데 길을 모르고 가니까 문제가 많이 생겨요. 비포장도로를 달리더라도 이 길이 끝나면 곧 평평한 길이 나오려니, 하고 가면 마음이 급하지 않을 텐데, 그런 생각을 못 하니 당장 세상이 끝나는 것 같은 거죠. 도로가 3차로에서 2차로로 좁아지면 신호를 보면서 천천히 들어와야 되는데, 앞뒤 없이 막 들어오니까 사고도 나고요. 저는 청소년을 이런 존재라고 생각하고, 글을 쓸 때 이 기준을 가지고 씁니다. 다시 말하자면 일반문학과 청소년문학, 어린이문학의 변별점을 어른과 청소년, 어린이의 '길 가기' 방식에 두고 있는 것이죠.

박정애 요즘 아이들만의 특성도 있는 것 같아요. 뭐랄까, 일단 좀 직설적이라고 할까요? 자기 욕망이 조금도 걸러지지 않은 채 그냥 내보여지는 겁니다. '얼굴을 다 뜯어고치고 싶다', '복권에 당첨돼서 떼돈을 벌었으면 좋겠다' 하는 식으로요. 물론 어른들도 그런 욕구가 있지요. 그런데 그런 식의 욕망에 대해 좀 부끄러워하거나 반성적으로 바라보기는 하잖아요. 그런데 아이들에게는 그런 면이 없는 것 같아요. 돈에 대해서나 성에 대해서, 또 유명해지고 권력을 얻고 싶은 욕망 같은 것들에 대해 조금도 거리낌 없이 말하곤 하지요.

임영환 대중매체의 영향이 큰 것 같습니다. 어른들의 대중매체가 걸러지지 않고 아이들에 바로 전달되니까. 아이들은 그것이 자기들의 세계인 줄 아는 면이 있어요. 하지만 그와는 다른 아이들의 세계, 그들만의 정서와 문화는 따로 존재합니다. 우리나라에는 청소년 문화라는 것이 아주 부족하기는 하지만, 앞으로 그 가능성은 무한하다고 봅니다. 그 싹을 잘 틔워주기 위해서라도 청소년 문학이 중요한 것 아닐까요?

김주환 어쨌든 청소년들에게 어른들과는 다른 고뇌와 욕구가 있는 것은 분명한 것 같습니다. 문제는 그것을 충족해줄 만한 기제가 없다는 것이지요. 그러니, 문학을 통해서 청소년의 세계를 그려내고 그들의 욕구를 담아내려 해도 어른들의 방식으로만 설명하고 있는 것이 지금의 현실입니다.

박상률 맞습니다. 그 또래 아이들이 지니고 있는 그들만의 정체성을 담아내는 것이 청소년문학이 해야 할 일이 아닐까 싶습니다. 지금까지 일반문학에서는 청소년들의 세계를 다루어주지 않았어요. 물론 청소년들이 보편적인 미학 일반을 추구하는 작품들을 읽는 것은 좋은 일입니다. 하지만, 우리가 지금껏 이야기했듯이 그들에게는 그들만의 독특한 특성이 있다는 거지요. 게다가 박정애 선생님의 말씀처럼 요즘 아이들은 욕망에 훨씬 더 노골적이고 직설적이거든요. 그렇다면 청소년문학의 당위성은 충분하다고 봅니다.

청소년문학의 내용은 무엇으로 채워져야 할 것인가?

김주환 청소년문학을 이야기할 때 오해도 조금 있는 것 같습니다. 흔히 말하는 청소년 문제나 요즘 청소년들의 생활을 다루는 것만이 청소년문학인 것처럼 생각되는 것이죠. 하지만, 저는 요즘 아이들이나 지금 어른들이 어렸을 적이나 표현 방식의 차이가 있을 뿐 본질적인 측면에서는 크게 다르지 않다고 생각해요. 내면의 욕구나 꿈, 갈등 같은 것들 말이죠. 그런데 이런 본질적인 측면을 다루는 작품들은 많지 않은 것 같아요.

박상률   청소년문학에서 담을 수 있는 내용은 두 가지라고 봅니다. 청소년들의 욕구 자체의 문제가 한 가지라면, 인간 보편의 문제가 또 한 가지입니다. 두 가지가 한 작품 안에서 만나는 것이 가장 좋겠지만 그게 쉽지 않은 거죠. 그러니, 학교에서도 일반문학 중에서 아이들이 이해할 수 있고, 받아들일 만한 것들을 권합니다. 지금 교과서를 보면 일반문학 중에서 19세 미만도 독서 가능한 것들을 싣고 있습니다. 사실 거기에도 알고 보면 어른들이 애들을 속이고, 애들도 어른들을 속이는 측면이 있지요. 교과서 밖에서는 19세 관람가, 불가라는 딱지가 무의미한 것이 현실이니까요. 그럼에도 청소년이 아직 어른은 아니라는 거고, 실제로 밥벌이를 위해 생산 활동을 하는 어른들의 고민과 아이들의 고민은 분명히 다르죠. 그러니, 그들의 관심사와 고민에 더 주의를 기울일 필요는 분명히 있는 것 같습니다. 그런데 학교에서는 여전히 「감자」나 「배따라기」 따위를 읽히고 있지요. 그 작품들이 문학사적으로는 가치가 있을지언정 요즘 아이들의 보편적인 문제는 아닐 텐데요. 그러니, 아이들의 욕구는 충족되지 않는 겁니다.

김주환   일단 청소년 문제를 다루는 데서 시작해서 그것을 좀 더 보편적인 인간 세계로 끌어올리는 것이 가장 이상적인 형태일 것 같군요.

박상률 맞는 말씀입니다. C. S. 루이스가 말했지요. '열두 살 때 가치 있다 하여 읽은 책은 쉰 살 때 읽어도 가치 있게, 어려서 읽었을 때보다 오히려 더 많이 가치 있게 느껴져야 한다. 쉰 살 때 읽어서 가치 있게 느껴지지 않는 책이라면 열두 살 때도 읽을 필요가 없는 책이다.' 청소년문학이라는 것은 어른들이 읽어도 똑같이 감동을 느끼고 재미있어야 된다는 것입니다. 저는 이것이 정답이라고 생각하는데, 현실을 보면 잘 안 되는 것 같습니다. 동화도 그렇고 청소년문학도 그렇고, 장르화되는 것 같아요. 청소년 문제라고 이야기되는 비슷한 소재들이 반복되고 있고, 작품의 구조도 비슷비슷해요. 청소년이 이해할 수 있는 수준으로 쓴다는 것도 지금 청소년들의 정서와 감정을 이해하고 함께 소통할 수 있는 수준을 의미하는 것일 텐데, 그저 작가 자신의 청소년기를 회상하고 그에 대해 회고하면서 쓰는 경우가 대부분입니다.

박정애 좀 전에 김주환 선생님께서 청소년 문제를 다루는 것만이 청소년문학인 것처럼 여겨지는 것이 오해라고 말씀하셨는데요. 그게 어떤 점에서 오해일까요?

김주환 청소년도 한 사람의 인간이기 때문에 욕구와 감정이 다양한데, 작품 안에서 청소년 문제가 부각되지 않으면 청소년문학이 아닌 것처럼 여겨지는 경향이 있다는 것입니다. 그러다 보니, 박상률 선생님이 말씀하신 것처럼 성장소설 일색으로 도식화되는 결과가 나오고요.

박정애 저는 좀 생각이 다른데요. 그런 다양한 욕구와 감정 역시 청소년이라는 범주 안에 포함되는 것이 아닐까요? 어른의 욕구와 감정이 아니라 청소년의 욕구와 감정이잖아요. 청소년이라는 틀 안에서 인간 보편의 문제를 추구해야 청소년문학이 일반문학과 변별성을 가지는 것이지, 일반문학과 똑같은 시각에서 똑같은 문제를 추구한다면 청소년문학이라고 부를 수 있을까 싶습니다.

김주환 청소년도 어른들의 세계와 교류하고 교섭하면서 생활하고 있잖아요. 하다못해 부모를 통해서라도 어른들의 세계를 들여다보고 있고, 어른들의 문제가 장차 자신이 겪어야 될 문제일 수도 있고요. 청소년 문제뿐만 아니라 어른들의 문제, 이 사회의 여러 모습 등 다양한 주제들을 청소년의 시각에서 다룰 필요도 있지 않을까요?

박정애 저는 그것도 청소년의 범주 안에서 소화해야 한다고 생각해요. 제가 꽤 오랫동안 여성문학을 고민해왔는데, 그쪽에서도

'결국 인간의 문제 아니냐' 하는 말이 나와요. 하지만 저는 그렇지 않다고 봅니다. 여성의 문제, 여성에게 중요한 문제를 다루는 것이 중요하고, 그렇기 때문에 여성문학인 거죠. 청소년문학도 마찬가지인 것 같습니다. 일단은 청소년을 다루는 것이 적합하다고 봐요. 다만, 그 내용이 오로지 성장에 대한 것으로 국한될 필요는 없겠지요. 청소년에게도 밥벌이가 중요할 수 있고, 왜 사는가가 중요하거나 본인의 갈등보다는 집안 문제가 중요할 수도 있죠. 기존 작가들이 한정된 틀로만 보여준 소재주의적인 성장이 청소년문학의 전부가 되는 것에도 반대입니다. 다만, 어떤 문제든지 청소년이라는 틀 안으로 들어와야 한다는 것입니다.

박상률 따지고 보면 청소년만의 문제라는 것은 없는 것 같습니다. 집안 문제는 대부분 어른들 문제인 것 같지만, 집안이 편안하지 않으면 당연히 그 집 아이도 편하지 않은 거죠. 기존 작품들에서는 집안이 파산했다 하면 그건 한 줄로 서술되고, 그 다음은 주인공 아이가 어떻게 되었는지로 넘어가요. 근데 그때 아버지의 고민은 무엇이며, 함께 고통을 받고 있는 누이는 어떤가 하는 문제도 중요할 수 있습니다. 이런 문제들은 다 넘어가고 주인공은 어떤 고난을 겪게 되었는데, 친구와 또는 선생님과 어떻게 관계를 풀어가며 위기를 극복해서 성장했다는 식으로만 흐를 때 소재주의로 빠지게 되는 거죠.

김주환　저는 청소년이라는 존재가 아이에서 어른으로 넘어가는 과도기라면 어른의 세계를 좀 더 폭넓게 다룰 필요가 있다는 생각이 듭니다. 물론 청소년의 시각에서 다루어야겠지요. 지금까지는 청소년문학의 소재가 청소년기의 문제로만 한정되어 스스로 틀에 갇히고 설득력을 얻지 못한 면이 있는 것 같습니다.

임영환　하지만 조금은 조심스럽게 접근해야 한다는 생각도 듭니다. 당장 교과서를 보면 청소년문학이라는 것은 찾아볼 수가 없습니다. 박상률 선생님 작품이 실려 있기는 하지만 아주 예외적인 경우고, 나머지는 전부 일반문학이지요. 청소년문학이라는 것이 읽히기 시작한 것 자체가 10여 년도 채 안 되었잖아요. 그렇게 본다면 이제 겨우 시작한 셈인데, 청소년문학이 제대로 자리를 잡고 발전해나가기 위해서는 어느 정도 자신의 범주와 색깔을 가질 필요도 있습니다. 자신을 선명하게 드러내는 뚜렷한 색깔이 없으면 기존 일반문학에 그냥 흡수될 수도 있지 않나 하는 걱정이 생깁니다.

뿌리 깊은 문학주의의 그늘과 청소년문학의 현실

김주환 청소년문학의 현실을 보면 아직 걱정스럽기는 합니다. 청소년문학을 창작하는 작가도 별로 없지만, 기존 문학 교과서에 실린 작품들에 문제제기를 하는 사람들도 없는 형편이에요.

박상률 현실을 단적으로 보여주는 예가 바로 이 자리일지도 모릅니다. 이런 좌담 자리에 평론가를 초대해도 좋을 텐데, 부르려고 해도 청소년문학에 대해 글 한 편 쓴 평론가가 없거든요. 제가 청소년문학을 10년 넘게 해오고 있습니다만, 그간 칭찬은 놔두고 비난을 하는 사람조차 하나 없었습니다. 참, 어찌 보면 속은 편했지요. 이런 소리 저런 소리에 휘둘리지 않을 수 있었으니까요.(웃음) 책이 꾸준히 팔리는 것을 보면 분명히 독자층은 있는데 제대로 된 평가를 하려는 시도는 없다는 거죠. 안타까운 일입니다.

김주환 어찌 보면 청소년문학은 본격 평론의 대상이 아닌 것으로 취급 받는 거로군요.

박상률 그게 현실입니다. 게다가 청소년들은 문학을 이해하기 위해서 어른들과 똑같이 거대한 시대 배경을 알아야 하고, 사회적 의미가 있는 주제들에 대해 알아야 하는 걸로 되어 있지요. 역으로 시대적·사회적 의미가 가볍거나 청소년들만의 세계를 추구하는 내용은 멀리해야 하는 것으로 되어 있고요. 이 기준은 어른들이 만들어놓은 것입니다. 정작 청소년의 시각에서 세계를 어떻게 받아들이고 이해할 것인가, 문학을 어떻게 만날 것인가에 대한 고민은 찾아볼 수가 없어요. 참 심각한 문제입니다.

김주환 청소년문학을 창작하는 작가들은 어떻습니까? 일단 수적으로는 열악한데, 청소년문학에 대한 인식은 어느 정도인지 궁금합니다.

박상률 꽤 어려운 상황입니다. 본격적으로 청소년문학을 하겠다고 나서는 작가들은 손에 꼽기도 어려운 형편이고, 기성 작가들 중에 간혹 쓰기는 하지만 한 편, 두 편으로 끝나는 경우가 많아요. 지금이나 옛날이나 아이들이면 고민하게 마련인 비슷한 주제나 소재가 있으니까, 작가 본인의 어린 시절을 떠올리면서 성장기를 그리는 작품을 내놓는 겁니다. 그런데 그 다음에는 쓸 이야기가 없어요. 아니면 주인공만 청소년이지, 써놓고 보면 일반문학인 경우가 많죠. 「사랑손님과 어머니」 같은 작품을 생각해보세요. 주인공은 아이지만 일반문학이지, 어린이문학이 아니잖습니까? 지금도 대게 그런 식의 작품을 써요. 아직 많이 부족합니다.

김주환　청소년문학을 시도하는 작가들조차 청소년에 대한 이해
가 부족하다는 것이 제일 큰 문제인 것 같군요.

박상률　사정이 그러니까 청소년문학으로 활로를 뚫어보려는 출
판사에서는 기성 작가들을 다소 현실적인 방법으로 꼬드기기도
합니다. '요새 아무리 성인 대상으로 소설 써봐야 초판 3,000부도
안 나가죠? 청소년문학 쪽은 잘만 하면 10년을 꾸준히 나갑니다'
하는 식으로요.(웃음) 아직 작가들이 청소년문학의 중요성에 대해
잘 모르는 것 같아요. 자기 혼자 쓰는 것만 중요한 것이 아니라면
청소년 시절부터 문학과 친해져서 성인이 된 뒤 수준 높은 독자
가 되도록 이끄는 역할도 해야 할 텐데, 우리 작가들한테는 그저
'문학에 목숨을 건다' 하는 풍토가 너무 강한 것 아닌가 싶습니
다. 좋게 말하면 문학 순결주의를 고집하는 것이고, 나쁘게 말하
면 문학 행위가 아닌 문학합네, 하는 허세에 매달리는 거라고 할
수 있죠.

김주환　문학에 대한 관습이나 고정관념이 아직 크게 영향을 미치
며 새로 문학을 하려는 이들에게도 재생산되고 있는 것 같습니

다. 이 점에서는 문학 연구자들도 마찬가지죠. 자신이 문학을 연구한다는 사실이 중요하지, 실제 일반 독자나 청소년들이 문학을 좀 더 풍부하게 향유하도록 하는 데는 관심이 별로 없는 것처럼 보입니다.

박정애 문학판에 보면 유난히 그런 사람들이 참 많지요. 홍익인간 정신이 결핍되었다고 할까요.(웃음) 문학이 자위에 그치는 현실은 갈수록 더 큰 문제가 될 것 같습니다. 독자 없는 창작 행위, 연구 행위는 사실 별로 설 자리가 없는 것이니까요.

김주환 청소년문학의 필요성이 제기되는 것도 오늘날 문학이 그런 문제점을 안고 있기 때문 아닌가 싶습니다. 그렇지 않다면 이미 청소년은 누가 시키지 않아도 강력한 독자층이 되어 있겠지요.

박정애 독자로서 제 자신을 돌아보면 청소년 시절에 읽은 작품들이 저의 인생을 결정한 것같아요. 마치 영혼에 낙인을 찍는 것처럼 깊은 영향력을 발휘했지요. 어른이 된 뒤에 읽는 책들은 일과 관련된 의무감으로 읽는 것도 있고 관심과 흥미가 있어서 읽는 것도 있지만, 이전의 책들처럼 강력한 효과를 갖지는 못합니다. 그처럼 문학이 큰 의미를 가질 수 있는 시기가 바로 청소년기인데, 그 시기를 방치해서는 안 될 것 같아요.

임영환 문학이 너무 엄숙하고 순결주의에 젖어 있다는 것은 아이들의 작품을 봐도 알 수 있습니다. 재미있는 것이, 청소년들이 쓴 작품인데 꼭 성인 작품 같아요. 자기 생각과 감정을 자기 언어로 표현하는 것이 아니라 어른들 것을 그냥 흉내 낸 것들이 많다는 거죠.

박정애 맞아요. 제가 몸담고 있는 문창과에서 백일장을 열었는데요. 학생들 작품을 쭉 읽어보니 도대체가 무슨 얘기를 하려는 건지 알 수 없는 게 많더군요. 개중 어떤 시 작품은 엄청 멋있게 뜬구름 잡는 얘기를 했는데, 저도 그랬지만 시인인 동료 교수도 메시지를 파악할 수가 없다기에 떨어뜨렸지요. 그런데 그 학생이 상처를 받은 거예요. 고등학교 때 자기는 '넌 지금 당장 등단해도 되겠다'는 소리를 들었다는 거죠. 그래서 자기가 천재인 줄 알고 있었다면서.(웃음) 얼마 못 가서 그 학생은 결국 학교를 그만두고 말았어요. 진정으로 자기 문학을 추구했다기보다는 기성 작품들의 현학성을 흉내 내 박수를 받다가 어느 순간 벽에 부딪힌 셈이죠.

박상률 제가 봐도 고등학교 때 큰 상을 받거나 문학 관련 장학금을 받고 대학에 온 아이들이 끝까지 잘 가는 경우가 별로 없어요. 기능주의적인 작품, 모호하고 난해한 표현으로 포장한 작품이 상을 받고, 그것만 믿고 문학을 하겠다고 덤비기 때문이 아닌가 싶어요.

김주환 뿌리 깊은 문학주의가 아이들한테서도 재생산되고 있는 거지요. 글쓰기에서도 마찬가지예요. 글쓰기는 오로지 자기표현 행위일 뿐, 소통을 고려한 글쓰기는 별 볼일 없는 것처럼 생각되는 경향이 있습니다. 하지만 따지고 보면 자기표현만을 위한 글쓰기라는 것이 유아적인 단계이고, 읽는 사람과 소통하고자 하는 글쓰기가 한발 더 나아간 단계이거든요.

박상률 그렇습니다. 문학이라는 게 기본적으로 독자를 상정하는 행위니까요. 그런데 '나는 그저 나를 위해 문학을 한다'는 말이 입에 붙은 작가들이 참 많아요. 만약 그렇다면 자기 자신이라도 구원을 받아야 될 텐데 왜 더 나락으로 떨어지는 건지 모르겠단 말이죠. 세월이 지나면 하는 말이 '나 죽고 나서 100년 뒤에라도 내 작품을 알아주는 한 명이 있을 것이다'라고 해요. 결국은 그런 사람도 소통을 추구한다는 말인 겁니다. 하지만 자신이 사는 시대와 소통하지 못한 작가의 작품이 다음 시대와 얼마나 소통할 수 있을지는 잘 모르겠어요.

김주환 말씀을 듣다 보니, 어느 정도 가닥이 잡히는 것 같습니다. 지금 현실을 딛고 일어서려면 청소년문학의 개념도 '청소년을 다루는 문학이 아니라', '청소년과 소통하는 문학'이 되어야 하지 않을는지요.

박상률 예, 청소년문학은 문학주의에 갇힌 문학이 아니라 창작자와 독자가 소통하는 문학이 되어야죠. 또, 청소년문학을 통해서 청소년들과 어른들이 소통할 수 있어야 합니다. 이렇게 정리한다면 청소년문학은 성장소설의 한계를 벗어나 가능성을 넓힐 수 있을 것 같습니다.

〈청소년문학〉을 다양성이 공존하는 소통의 공간으로

김주환 이제 계간 〈청소년문학〉이 추구해야 할 잡지의 상에 대해 이야기할 차례가 되었어요. 지금 나오고 있는 여러 청소년문학 잡지들을 보면 청소년이 직접 창작하는 문학을 추구하는 경향이 있는데, 아무래도 편협한 감을 지울 수 없습니다. 물론, 청소년 스스로가 좋은 작품들을 찾아 읽으며 직접 창작의 주체가 되어준다면 더할 나위 없겠지만, 당분간은 쉽지 않을 것 같아요. 작가들이 적극적으로 청소년문학에 대한 이해와 관심을 높이는 것도 중요하고, 청소년의 문학 향유를 담당하는 교사들이 앞서서 문제제기를 하고 나갈 길을 제안할 필요도 있을 것 같습니다. 〈청소년문학〉은 여기에서 어떤 역할을 해야 할까요?

임영환 사실 기존의 청소년문학 시장은 아주 작습니다. 꾸준히 해오시는 분들이 간혹 있다 해도 수요는 많지 않은 편이고, 수요가 적기 때문에 공급도 늘지 않는 측면이 있습니다. 우선 〈청소년문학〉의 존재 의미는 이 지점에 있는 것 같습니다. 청소년문학 작품들을 발표할 수 있는 지면을 확보해서 생산을 독려하고, 작품들을 계속 소개함으로써 수요를 끌어내는 것이죠. 일단 공간이 확보되어야 생산도 늘고 독자도 늘어날 수가 있는 것이니까요. 다만 아직은 청소년문학에 대한 사회적 동의와 공유 수준이 부족한 것 아닌가 합니다. 그러니, 청소년문학의 의미와 필요성을 더 강하게 명시화하고, 청소년들로부터 외면 받지 않도록 그들의 욕구에 더 다가가는 노력을 해야 할 것 같습니다.

박상률 네. 공급이 수요를 따라가는 것뿐 아니라, 공급이 있으니 수요가 생겨나는 부분도 있는 것 같습니다. 박정애 선생님이나 저 같은 창작자 입장에서 바라보면, 작품집을 내면 찾는 사람들은 분명히 있거든요. 〈청소년문학〉도 사실 처음에는 '뭐 이런 잡지가 필요할까' 하는 시선도 있었지만 계속 만들다 보니까 언제부턴가는 당연히 있는 것으로 생각되지 않습니까. 현실이 녹록하지는 않지만 아직은 눈앞의 성과에 초연하게 열심히 달려야 할 시기가 아닌가 합니다. 하지만, 그렇다고 해서 독자를 신경 쓰지 않을 수는 없겠지요. 작가로서야 청소년들을 생각하면서 글만 쓰면 되지만, 매체의 고민은 더 복합적인 것 같습니다. 지금은 〈청소년문학〉의 독자들 대부분이 교사들인 것으로 알고 있는데, 계속 그렇게만 머물러서는 안 되지 않을까요?

김주환　예, 지금은 교사들이 많이 보는 편입니다만, 〈청소년문학〉의 궁극적인 독자는 당연히 청소년이 되어야겠지요. 하지만 당장은 청소년문학에 관심을 갖고 문학 교육에 뜻을 둔 교사들을 통해서 청소년들에게 간접적으로 전달되는 방식도 유효할 것 같습니다. 그러자면 그런 교사들에게도 도움을 줄 수 있는 잡지가 되어야 하지 않을까 하는데요. 청소년문학을 계속해서 생산해내는 것뿐만 아니라, 일반문학 중에서도 청소년에게 유의미한 작품들을 선별해서 제공하는 작업도 함께 한다면 폭이 더 넓어질 거라고 봅니다. 문학사적으로 의미 있는가를 기준으로 두지 말고 청소년을 기준으로 그들의 시각에 맞추어 작품들을 재선정하고 검토하는 작업을 하는 것이죠.

임영환 지금 청소년들에게 권장되는 책들이라는 것이 대개는 문학사적으로 중요한 작품들, 사회적 의제를 담고 있는 작품들 위주입니다. 그런데 사실 청소년들에게 당장 와 닿지 않는 부분도 크지요. 그런 의미 있는 작품들뿐만 아니라, 청소년들이 관심을 갖는 문제들, 공감할 수 있는 문제들을 다양하게 다룰 필요도 있을 것 같습니다.

김주환 콘텐츠를 다양하게 보충해야 하지 않을까요. 독자들에게는 분명히 새로움에 대한 욕구가 있는데 그걸 담아내지 못한다면 정체되기 쉽습니다. 내용을 너무 교훈적으로 채우지 말고 다양한 문화와 정보들도 포괄했으면 합니다.

임영환 일례로 요즘 일본 소설이 한창 인기를 누리고 있지요. 문학을 가까이하지 않는 청소년들도 일본 소설들은 찾아서 읽는다고 합니다. 우리 문학이 무겁고 고답적인 데 비해서 일본 소설들은 가벼우면서 새롭습니다. 그렇다고 통찰이 아예 빠져 있는 것도 아니고요. 물론 일본 소설들의 문제점이 없는 것은 아니고, 충분히 시사하는 점은 있다고 생각합니다. 청소년들의 감각을 잘 건드려주는 참신함과 발랄함, 이런 것은 눈여겨볼 만합니다.

박정애 저도 최근에 일본 소설들을 좀 읽어봤는데, 보니까 복잡한 이야기는 하지 않아요. 쉽고 간단하게 말하면서 대신 한 가지 얘기를 확실하게 합니다. 가끔은 이런 게 뭐 소설 거리가 되나, 싶을 정도로 아무것도 아닌 것 같은 소재를 가지고 한 편의 소설이 나오는데, 솔직히 저도 읽고 나서 뭘 읽었는지 모르는 작품보다는 차라리 낫다는 생각이 들었습니다.

임영환 우리 문학은 사실 아직도 너무 엄숙하고 무거워요. 뭔가 거창하기는 하지만 읽다 보면 이게 대체 무슨 말인가 싶을 때가 많지요.

김주환 기본적으로 독자를 가르치려 들려는 태도 때문에 무거워지는 거겠지요. 자기만 아는 얘기를 남들이 못 알아듣게 쓰면 그게 대단한 문학적 작품인 것처럼 생각하는 허위의식도 많은 것 같고요.

박상률 맞습니다. 그런 점은 우리가 청소년문학을 생각할 때도 염두에 두어야 한다고 봅니다. '청소년'이라는 규정, 또 '청소년문학'이라는 규정 속에서 정작 청소년들은 '야, 이거 또 우리를 한번 가르쳐보겠다는 거구나' 하는 거부감을 갖게 될 수도 있거든요. 그들을 가르치거나 계도하는 것이 아니라, 아까 말했듯이 더불어 소통하고자 하는 목적과 태도를 선명하게 가져야 합니다.

김주환 어휴, 이거 갈수록 〈청소년문학〉의 어깨는 더 무거워지는 것 같군요.(웃음)

임영환 먼저 수요를 만들어내는 것이 중요할 것 같습니다. 〈청소년문학〉은 청소년들은 물론, 뜻이 있는 선생님들과 학부모들까지 묶어내는 청소년문학의 구심점 역할을 해야 합니다. 그러려면 주제의식이랄지, 청소년문학에 대한 상은 뚜렷하게 가지면서 내용은 더 다양하고 참신하게 바꾸어야 한다고 생각해요.

박정애 아까 소통에 대해서 이야기했는데요. 저는 이 잡지를 통해서 부모와 교사, 청소년이 서로 소통할 수 있었으면 좋겠습니다. 꼭 문학 작품을 통해서만이 아니더라도, 제 자신이 오늘의 청소년을 이해할 수 있는 창구 역할을 해준다면 참 고마울 것 같아요.

김주환 그리고, 그동안은 잡지에 게재된 청소년들의 작품들이 다소 틀에 갇혀 있지 않았나 싶습니다. 청소년 일반의 생생한 삶의 모습은 반영되지 않았던 것 같아요. 우리가 문학 작품을 받아들이고 해석하는 배경 속에도 문학주의라는 고정관념이 철저하게 깔려 있기 때문이라고 생각합니다. 우리 자신이 인식하지 못하는 사이에 지배를 받고 있는 것이죠. 이를 인식하고 그 허울을 벗겨내는 작업도 〈청소년문학〉의 몫이 아닐까 합니다.

박상률 시나 소설처럼 꼭 다듬어진 형태를 갖추지 않더라도 청소년들의 재기발랄하고 진솔한 글들은 다양하게 실렸으면 합니다. 문학을 가르치는 교사들의 고뇌도 함께 읽을 수 있으면 좋겠고요. 그리고, 가장 중요한 것은 역시 청소년과 소통하는 것이겠지요. 소통을 위한 진지한 고민 속에서 내용은 자연히 다양해지고 참신해지지 않을까요.

김주환 예, 맞습니다. 오늘 좌담은 소통이라는 키워드로 정리될 수 있을 것 같군요. 청소년들과의 소통이야말로 〈청소년문학〉이 할 일이자, 우리 자신이 할 일이기도 하지요. 제 생각에는 우리가 소통을 위한 문학을 추구하는 한편, 소통을 단절시키는 것들과도 싸워나가야 한다고 봅니다. 주로 어른들의 허위의식이 이 소통을 방해하곤 하지요. 이 허위의식을 걷어내기 위해서는 잡지 스스로가 청소년문학의 앞길에 대해 좀 더 도전적으로 문제제기하고 지평을 넓혀나갈 필요도 있을 것 같습니다. 그럼 오늘 좌담은 여기서 마치기로 하지요. 좋은 말씀들 나눠주셔서 고맙습니다.

— 〈청소년문학〉 2007년 가을호

잡지 〈청소년문학〉의 의미,

마침표(.)를 칠 수 없어 쉼표(,)를 쳤다. 내게 잡지 〈청소년문학〉
은 그런 존재다. 내가 생을 마칠 때까지 마침표를 칠 수 없는 내
사랑의 대상. 내게 문학의 한 갈래로서의 청소년문학 역시 영원
히 마침표 없는 문학이다. 그러니 잡지 〈청소년문학〉이라고 다르
겠는가. 잡지 〈청소년문학〉은 지금 쉬고 있다. 하지만 잠깐 쉴 수
는 있어도 이대로 마칠 수는 없다. 그래서 쉼표로 시작했다.

　〈청소년문학〉은 바로 걷기와 같은 책이 될 것이다, 고 창간호
머리말에 나는 적었다. 거기서 말했듯이 인간의 사고 기제는 자
신의 걸음 속도와 같이 갈 때 가장 이상적으로 작동한다고 한다.
종이책이 바로 그런 역할을 한다. 요즘 아이들은 진화할 대로 진

화한, 이름하여 '스마트폰'이라는 휴대전화 하나만 있어도 눈알을 펑펑 돌리고 손가락을 현란하게 누르며 심심하지 않게 시간을 보낼 수 있다. 몇 해 전의 아이들도 이미 게임기니 휴대전화니 영화니 하여 볼거리 놀거리에 치여 있었다. 그런 아이들에게 불쑥 내민 게 종이잡지 〈청소년문학〉이다.

2006년 봄 어느 날, 당시 '전국국어교사모임' 사무총장 직을 맡고 있던 교사와 휴일까지 반납하며 〈청소년문학〉의 기획안을 짜던 일이 떠오른다. '한국문화예술위원회'가 청소년 문예잡지 지원 사업을 벌인다기에 이에 편승(?)하여 전국의 청소년을 대상으로 한 청소년문학 잡지 창간을 위해 고심했던 것이다. '한국문화예술위원회'는 이미 인터넷에 〈사이버문학광장〉을 열고 그 안에 〈글틴〉이라는 청소년들의 글쓰기 사이트를 두었다. 〈글틴〉의 작명부터 깊숙이 관여했던 필자로선 당연히 온라인 매체 〈글틴〉의 오프라인 매체로 〈청소년문학〉을 떠올렸다.

각 지역마다 교사나 작가를 중심으로 청소년 문예지의 필요성을 절실히 느끼고 있는 때여서 '한국문화예술위원회'에 발간 지원 신청을 한 지역도 전국적으로 골랐다. 그런데, 다른 대부분의 청소년 문예지가 도 단위의 지역 안에서 활동을 도모한 것과 달리 〈청소년문학〉은 애초에 전국 단위로 활동의 범위를 잡았다. 그래서 제호도 편집회의 때 노골적(?)으로 정했다. 일단 청소년을 대상으로 한 문학 냄새가 나고, 더불어 관변(?) 색채가 들어간들 어떠리라는 결론이 나서 〈청소년문학〉으로 정한 것이다. 다른 잡지들은 저마다 지역 색깔이 흠씬 배여 있는, 절묘하고 앙증맞은 제호를 달고 나왔다.

〈청소년문학〉의 독자 대상이 전국 단위라면, 발간 주체는 어디가 되어야 할까? 나는 자연스레 '전국국어교사모임'을 떠올렸고, 〈글틴〉 기획위원들도 같은 생각이었다. 그래서 '전국국어교사모임'의 사무총장과 창간 기획안을 같이 짰고, 한동안 〈글틴〉의 기획위원이 〈청소년문학〉의 편집위원으로 같이 활동하기도 했다.

반 농담 삼아 온라인 〈글틴〉의 오프라인 잡지가 〈청소년문학〉이라고 한 까닭에 잡지 초기엔 〈글틴〉에서 활발하게 활동하고 있는 청소년들의 글을 가져와 싣기도 했다. 그러나 이내 곧 다른 잡지들과의 형평성이 제기되었다. 이에 청소년들의 글을 〈글틴〉에서 가져오는 것을 그만 두고 '전국국어교사모임'의 장점을 살려 각급 학교에서 청소년의 글을 자체 조달하였다. 이 전통은 마지막 호까지 이어졌다.

2006년 여름호로 창간하여, 2011년 겨울에 통권 23호를 마지막 호로 내보냈으니 자그마치 6년의 세월을 결호 없이 매 계절마다 한 권씩 펴낸 셈이다. 그런데 어쩌다가 휴간을 하게 되었을까? (나는 폐간으로 절대 보지 않는다. 단언컨대, 잠시 쉬고 있을 뿐이다!)

사실 '전국국어교사모임'과 〈청소년문학〉의 만남은 기대와는 달리 궁합이 아주 잘 맞지만은 않았다. 〈청소년문학〉 측에선 애초에 '전국국어교사모임'을 아주 순수하게 생각하였다. 다시 말해 '전국국어교사모임'을 국어교육의 좋은 뜻으로 모인 국어교사들의 운동 단체로 여긴 것이다. 그러나 '전국국어교사모임'의 교사들 가운데 생각이 다른 분이 의외로 많았다. 아무리 의미 있는 일이라도 '수익'이 나지 않으면 계속 안고 갈 수 없다는 게 다수의 생각이었다. 이 문제는 창간호가 나오자마자 바로 제기되었다. 그때마다 나는 '전국국어교사모임'이 운동 단체인지 이익 단체인지 색깔을 분명히 드러내라고 채근만 할 뿐 달리 묘안이 없어 애써 웃으며 그들의 지청구를 받아넘겼다.

문학이 우리 삶에 어떤 영향을 끼치는지는 국어교사들이 더 잘 알 것이다. 더구나 〈청소년문학〉은 현실의 삶 속에서 찌들대로 찌든 채 살고 있는 청소년들과, 그들의 처지를 누구보다 잘 아는 국어교사, 그리고 현실의 모순조차도 미적으로 승화시키고자 하는 시인과 소설가를 비롯, 여타 예술가들의 소통이라는 점에서 더더욱 의미 부여를 할 수 있는 잡지였다. 그런데도 독자 수가 적음에 줄곧 '수익'을 들먹였던 것이다. 그런데 여기서 짚고 넘어갈 문제 하나는 그렇게 독자 수를 강조하던 분들은 정작 〈청소년문학〉을 구독하지 않았다는 점이다. 물론 이 잡지가 어쩌면 그 분들의 성에 차지 않았는지 모른다. 그러나 이 땅의 국어교사조차 외면하는 〈청소년문학〉의 현실. 이게 나는 6년 내내 슬펐다.

〈청소년문학〉 한 호를 내기 위해선 적지 않은 경비가 들었다. 창간호부터 마지막 호까지 '한국문화예술위원회'의 지원을 받았지만 잡지 발간에 드는 원고료와 제작 경비엔 훨씬 못 미쳤다. 하지만 어느 문학잡지도 잡지 자체론 좀체 흑자를 내기 어렵다. 다만 적자를 최소화하며 잡지에 실린 내용물 가운데 단행본이 될 만한 것을 그러모아 단행본의 힘으로 계속 밀고 나가는 게 현실이다. 게다가 둠벙이 있으면 개구리가 모여들 듯, 청소년문학 잡지가 있으면 거기를 중심으로 작가와 청소년들이 쉽게 어울릴 수 있다. 그런데도 '전국국어교사모임'은 현실적인 측면에서 잡지 발간을 달갑게 여기지 않았다. 그래도 용케 마지막 무렵엔 '돈타령' 소리를 덜 들어도 되었다. '전국국어교사모임'의 출판사인 '나라말'을 책임지고 이끌던 교사 한 분이 모임의 출판 이사회에 〈청소년문학〉을 회원들에게 회지 성격으로 보내주는 것을 안건으로 올려 통과시킨 것이다.

그러나 그런 좋은 여건도 잠시, 모임에서 운영하던 출판사 '나라말'의 운명과 잡지 〈청소년문학〉의 운명도 같이 가고 말았으니……. 잡지를 아예 내지 못하는 일이 생긴 것이다. 모임의 얽히고설킨 관계 속에서 적지 않은 '흑자'를 내던 출판사가 비틀거리게 되었다. 그런 까닭에 〈청소년문학〉은 작년 초부터 좌불안석이었다. 잡지 편집을 편집위원들과 깊은 의논 없이 외부로 내보내는 일이 생겼다. 통상적일 경우 별 문제가 안 될 일이었지만, 어쩐지 느낌이 좋지 않았다. 이어 1년 내내 모임과 편집부 사이에 내홍을 겪더니 끝내 출판사가 난파되고 말았다. 둥지가 부서졌는데 그 안의 새가 무사할 수 있겠는가?

〈청소년문학〉 안에 단행본으로 엮을 만한 것이 상당히 축적되어 있지만 지금 〈청소년문학〉은 기약할 수 없는 휴간 상태에 들어갔다. 그러나 언젠가 누군가는(출판사든 단체든) 청소년문학의 중요성을 깨닫고 〈청소년문학〉을 오래 쉬게 하지 않으리라 믿는다. 그래서 나는 잡지 〈청소년문학〉에 마침표를 칠 수 없는 것이다.

— 〈기획회의〉 2012년 9월

그 많던 책방은 어디로 갔을까?

새로 온 우편배달부(집배원)가 출판사에서 온 등기우편물을 건네
주며 조심스레 묻는다.

"사장님, 혹시 책방 하다가 잘못되셨나요?"

나는 사장도 아니지만, 책방을 운영한 일도 없다. 요즘은 어디
가나 '사장님'이라는 소리가 남발 되고 있는데 그거야 세태 탓이
려니 한다. 문제는 집안 가득한 책을 보고 집배원이 걱정 반 호기
심 반으로 물은 '책방 하다가 잘못되었느냐'는 것이다.

최근의 한 조사에 따르면 1990년대 말엔 전국에 5,000곳이 훌
쩍 넘던 책방이 현재는 2,000곳에도 훨씬 못 미친단다. 이미 책방
이 한 곳도 없는 시·군·구가 전국적으로 다섯 군데나 생겨났고

서른 곳은 책방이 가까스로 한 개가 유지 되고 있단다. 이는 책을 자본주의의 다른 상품과 똑같이 여겨 일어난 현상이리라. 박완서 선생의 소설 제목 『그 많던 싱아는 누가 다 먹었을까』 투로 말하자면 '그 많던 책방은 어디로 다 갔을까?'

사정이 이러한지라 국회에서 2013년 1월 9일에 '출판문화산업진흥법 개정안'이 발의되었다. 개정안의 핵심은 책값 할인율 상한을 19%에서 10%로 제한하면서 신간, 구간 구분 없이 모두 적용 대상으로 포함시키자는 것이다. 지금까지는 발행된 지 1년 6개월, 즉 18개월이 지난 책은 할인율에 제한이 없어 책 유통시장을 어지럽힌 주범으로 여겨졌다. 이에 출판계와 오프라인 책방은 아쉬운 대로 환영한다고 했지만 할인판매를 해온 온라인 서점은 반발했다. 출판계 쪽이나 오프라인 책방 쪽에선 할인 없는 완전한 도서정가제를 줄곧 외쳐왔다. 온라인 서점은 책을 싸게 살 소비자 권리를 내세우며 책을 할인해주지 않으면 누가 책을 사겠느냐고 한다. 이는 책을 다른 상품과 똑같이 여긴다는 얘기다.

그동안 온라인 서점은 집에서 책을 받아보는 편리함에 마일리지니 쿠폰이니 하는 온갖 할인판매로 독자를 끌어모았다. 그 결과 동네 책방은 거의 멸종되다시피 했다. 물론 동네 책방이 사라진 게 온라인 서점만의 탓은 아니다. 대형 서점의 등장도 한몫했다는 의견이 많다.

어쨌든 할인 판매 정책을 중시한 온라인 서점의 사정은 좋아졌을까? 무리한 할인정책 등으로 경영 압박을 못 견뎌 이미 한 군데 대형 온라인 서점이 문을 닫았다. 이런 사정이다 보니 온라인 서점도 할인율이 높고 대중이 선호하는 가벼운 책 위주로 판매 정책을 쓸 수밖에 없다.

온라인 서점 주장대로 독자가 책을 싸게 살 수 있는 건 좋은 일이다. 그러나 그게 다 망가지는 지름길이라면? 온라인 서점의 할인율을 높이기 위해선 출판사가 애초에 책을 싸게 공급해야 한다. 출판사는 살아남기 위해 좋은 책보다는 가벼운 읽을거리 위주로 책을 펴낼 수밖에 없다. 더구나 동네 책방도 대형 책방이나 온라인 책방 탓에 거의 사라져 출판사가 책을 공급할 데도 마땅치 않다.

내 발 딛고 서 있는 땅이 중요하다고 내 발이 놓이지 않은 땅을 다 없애버리면 어떻게 될까? 결국 자기가 발 딛고 있는 땅도 무너질 것이다. 입술이 없으면 이가 시린 법이다. 사정이 이러한데도 일부 온라인 서점은 자신의 주장만 되풀이한다. 도서정가제가 무너져 출판사가 다 망하면 온라인 서점인들 무사할까?

자본주의의 상품 유통방식이 만능은 아니다. 책은 다른 상품과는 더더욱 다르다. 그러기에 다른 나라에서도 책을 일반 물건처럼 취급하지 않고 보호한다. 그런데 지난 대통령 선거 당시 후보로 나섰던 누구도 책에 대해선 한마디도 하지 않았다. 아무도 도서 정책을 가지고 있지 않다는 얘기다. 그러면서 창조·창의력·인문을 들먹인다. 애들 말대로 다 '뻥!'이다. 이런 세상에 작가로 사는 게 기적이다. 누가 내 책을 읽어주는지, 그저 고마울 뿐이다.

아무튼, 요즘 유행하는 말투로 하자면 '책은 자본주의의 단순한 상품이 아니무니다!'

— 〈경기일보〉 2013년 1월

돈에 눈먼 자들의 나라

돈의 위세가 대단하다. 재물 있는 곳에 마음 간다는 말도 있지만, 오로지 돈만 숭상하는 사회가 되고 말았다. 돈이 있으면 '개도 멍첨지'라는 말이 있다. 모두들 멍첨지가 되고 싶어 안달인 모양이다. 기업은 돈 놓고 돈 먹기를 하고 있고, 사람들은 '부자 되세요'라는 말을 서슴없이 하고 있다. '대박'이라는 말을 아무데나 내놓고 쓰는 이들이 많기도. 대박이 무엇인가? 사전적 의미로 대박은 엄청나게 돈을 많이 버는 행운, 아니 요행이다. 마침내 모두들 요행을 바라는 세상이 되고 말았다.

  돈 놓고 돈 먹는, 돈이라면 사족을 못 쓰는 일이 대학에서도 벌어진다. 마침내 올 것이 온 것일까? 철학과는 '돈이 안 되니' 폐과

하고, 영문과를 제외한 불문과 독문과 등도 '인기 없으니' 점차 없애고, 기초과학 분야도 마찬가지이다. 의학도 돈벌이 되는 성형의학 계열엔 전공하려는 학생들이 몰리고, 외과나 산부인과 같은 전공은 막노동이라서 싫다 한다. 그 틈에 정신과는 성업이라 한다. 하긴 다들 미쳐 돌아가니 그럴 만하다. 고개를 끄덕이게 한다.

학기 초에 어느 대학 문예창작과 신입생들에게 특강을 했다. 그 학교 문예창작과는 진즉 문예창작과 앞에 '미디어' 자를 붙였다. 취업을 생각해서였다. 그건 그렇다 치고, 다시 보니 야간이 없어졌다. 문예창작과 같은 곳은 취업률이 낮으니 야간 정원을 빼서 '세무과'를 만들었다 한다. 이러다 아예 주간도 없어질 것 같은 예감이 엄습한다. 그런 우려는 전국의 대학 여기저기서 보인다. 무용과는 댄스과로, 체육과는 레저스포츠과로, 문예창작과는 이미 스토리텔링과나 디지털문예창작과 혹은 미디어문예창작과가 된 세상!

연극과의 신세도 마찬가지. 공연예술이라는 말로 연극을 포장하던 때도 있었지만 돈 안 되기는 마찬가지. 예전엔 흔히 연극영화과라 했는데, 이젠 연극은 떼어내고 영화과만 살아남는 듯. 그나마 영화는 예술보다는 산업으로 보기 때문이다. 한 편의 영화 수출이 자동차 수천 대 수출하는 것보다 수익이 더 좋다고 한다. 기초 예술도 오로지 돈의 잣대로만 재는 세상이다.

어느 대학은 모든 학과 학생이 회계원리 즉 '부기'를 필수로 이수해야 한단다. 그런데 부기를 몰라서 그동안 기업이 돌아가지 않았을까? 한때는(지금도 마찬가지이지만) 영어를 잘해야 한다더니, 이제는 회계를 알아야 기업을 이해한단다. 영어든 회계든 필요한 사람만 하면 안 될까?

대학의 기능이 이제는 기업에서 필요로 하는 직업인을 양성해내는 학원 같은 곳이어야 한다고 주장하는 이들이 많다. 이는 기초학문과 예술을 말살하고 오로지 자본주의의 부속품인 기계 인간을 만들자는 속셈이다. 기계 인간은 자신이 자본주의의 노예인 줄도 모르고 생각 없이, 무조건 열심히 산다. 기업인이나 위정자들은 그렇게 생각 없이, 무조건 열심히만 사는 사람이 다루기 쉽다.

지금 인문학이라는 말이 아무데나 붙는다. '경영의 인문학', '거리 인문학', '생활 인문학'……. 다 좋다. 그런데 인문학이 모든 것에 들러리를 서는 느낌이다. 사실 인문학은 자신의 행위에 적당히 문사철 당의정을 입힌 게 아니다. 또 엉뚱한 말과 행위를 정당화하거나 그럴싸하게 보이도록 하는 데 써먹는 게 아니다.

오만 인간들이 다 나서서 자신의 말과 글 모두를 인문학적 상상 내지는 실천이라고 강변한다. 이러다가는 경찰이나 검찰도 자신들의 맹목적인 충성을 '인문학적 충성'이라 할지 모르겠다. 바로 보지 못하고 바로 말하지 않는 건 인문학이 아니다. 나를 따르라! 나만이 옳다! 그건 인문학이 아니고 돌격 명령이다.

나는 인문학은 벌거벗은 임금을 보고 벌거벗었다고 말할 수 있는 '동심'을 갖는 것이라고 생각한다. 그래서 기회 있을 때마다 동심을 들먹인다. 진정한 인문학은 실체를 정확히 보는 것, 정확히 본 것을 정확히 말하는 것이다. 오로지 사람을 위주로 하는 게 아니라 이 세상에 존재하는 삼라만상 모두를 주인으로 하면서 말이다. 하여튼 어른의 손을 타지 않은 아이들 눈에는 정확히 보이고, 본 대로 말하더라.

2014년 4월 16일, 세월호 침몰 참사도 오로지 돈에 눈이 먼 자들의 돈 놓고 돈 먹는 짓거리 때문에 일어났으리라고 여기는 게 나만의 생각일까? 여객선 회사는 물론 관련 기관도 그저 눈앞의 돈에만 매달렸으리라. 그러지 않고서야 그토록 많은 아이들이 희생되었을까?

— 〈경기일보〉 2014년 5월

사랑을 '싸랑'으로
확인하고 싶을 때

모든 가요는 사랑을 노래한다 해도 지나친 말이 아니다. 사랑을 '싸랑'으로 확인하려 노래하기도 하고 실패한 사랑을 노래하기도 한다. 사랑, 달콤한 말이다. 하도 달콤해서 실연마저도 달콤하다. 노래는 물론 소설과 시도 사랑을 예찬하고 텔레비전 연속극이나 영화도 사랑을 빼고선 이야기가 되지 않는다. 사랑은 어떤 경우도 달콤하기 때문이다. 인류가 종족을 지금까지 보존하고 있는 것도 어찌 보면 사랑의 힘이다.

소설 『적과 흑』으로 유명한 스탕달은 '수많은 세월과 사건 뒤에도 내게 강하게 기억되는 건 오로지 사랑했던 연인의 미소뿐!' 이라고 주절거렸다. 어디 연인의 미소뿐일까? 사랑에 빠지면 연인의 마마 자국도 보조개로 보일 정도로 넋을 잃는다. 눈에 콩깍지가 씌는 것이다. 그래서 그랬는지 도스토예프스키는 '사랑이 불가능한 세계는 지옥'이라고 했다.

하지만 사람은 사랑을 주는 것만큼 반드시 사랑을 받는 건 아니다. 노래와 문학과 영화 따위의 소재가 사랑인 까닭이 여기에 있다. 엇나간 사랑, 짝사랑, 갈등을 부르는 사랑만큼 좋은 소재는 없다.

토마스 만이 그의 소설 『토니오 크뢰거』에서 '지극한 사랑을 하는 자는 이미 패배한 자이며 괴로워해야만 한다'고 설파한 이유도 사랑의 비극성을 이른 것이리라. 이 말은 사랑의 승리자가 되려면 사랑에 빠지지 말라는 역설에 이른다. 나아가 남녀 간의 사랑뿐만 아니라 부모 자식 간에도 해당하는 말이기도 하다. 부모는 자식에게 일방적인 사랑을 베푼다(요즘은 그렇지만도 않지만……). 그래서 '자식 이기는 부모 없다'는 말도 생겼을 것이다. 자식은 부모의 일방적인 사랑을 부담스러워하면서도 사랑에 빠진 부모를 '이용'하기도 한다. 부모 자식 관계에서도 지극한 사랑을 하는 자는 이미 패배한 자이다! 부모 자식 간의 경우 플로베르의 '두 연인은 동시에 똑같이 서로를 사랑할 수 없다'는 말도 들어맞는다. 남녀 간의 사랑일 경우 이 말은 짝사랑이나 갈등을 부르는 사랑으로 작용한다. 그러니 가요와 각종 서사물에 사랑이

빠질 수 있겠는가? 사랑 자체가 바로 이야기가 되는데…….

사랑에 빠져 있을 땐 사랑이라는 말이 불필요하다. 요즘 인터넷 상에서 악플을 달고도 태연히 '정신적 승리'라고 주장을 하는 이가 많은데, 정신적 승리의 원조라 할 수 있는 『아Q정전』을 쓴 루쉰(노신)은 사십 대 중반 때 이십 대 후반이었던 그의 제자 쉬광핑과 편지를 주고받았다. 사랑이라는 말을 쓰지 않아도 시대와 문학과 친구, 그리고 일상의 문제를 편지에 담기에 충분했다. 굳이 사랑을 확인할 필요가 없었다. 삶을 함께 나누면 그만이었다. 사랑은 그런 것. 사랑이라는 말로 사랑을 확인하는 것이 아니라, 삶을, 일상을 함께 나누는 것이 바로 사랑이다. 둘은 나중에 함께 살았다. 사랑을 사랑이라는 말로 포장하지 않은 경우일 것이다. 두 사람에게 사랑은 지성의 힘으로 지향하는 바를 같이 가꾸어가는 삶 자체가 아니었을까?

사랑이 끝나면 그때는 사랑이라는 말로 사랑을 확인하려 한다. 노래에서 '싸랑'이라고 악을 쓰는 건 이미 사랑이 끝나 확인하기 위해서다. 그런데 유감스럽게도 사랑은 확인이 아니다. 그러나 그 사랑을 확인하기 위해 노래 대신 편지를 쓴 이가 많다.

인도 독립의 아버지로 추앙받는 간디의 경우 일찌감치 부인과 육체관계를 벗어난 사랑을 하기로 했다. 그런 그도 제자 격인 한 여인에게 350여 통에 이르는 편지를 보냈다. 일종의 연서이다. 그걸 정신적인 사랑이니까 무조건 고귀하다고 할 수만 있을까?

　이른바 정신적인 사랑의 대가는 멀리 갈 것도 없이 이 땅의 시인 유치환이다. 그는 이영도 시인에게 20년에 걸쳐 무려 5,000통에 이르는 편지를 썼다. 유치환 시인의 사후 이영도 시인은 『사랑하였으므로 행복하였네라』라는 서간집을 묶어냈다. 책 제목은 유치환 시인이 쓴 시「행복」의 한 구절이다. 두 사람 모두 정신적인 사랑을 강조했고, 실제로도 그런 것 같았다. 그런데 이 기간 동안 유치환 시인은 다른 여인에게도 5년에 걸쳐 편지를 썼다. 이래서 우리 속담은 '품마다 사랑 있다'고 했는지 모른다.

　정말 정신적인 사랑은 육체적인 사랑과 별개인가? 철학자 스피노자는 '모든 인간은 자신의 능력만큼 신을 만난다'고 했다. 그런데 능력만큼 만나는 게 신만일까? 사랑도 그러하지 않을까? 그 사람의 능력만큼 사랑도 하리라. 정신적인 사랑이든 육체적인 사랑이든 두 사람이 갈망하는 그만큼이 사랑의 능력이리라.

— 〈경기일보〉 2013년 3월

청소년문학은
혼자서도 잘해요!

글을 쓰는 사람이면 이미 알고 있는 바이지만, 우리나라에는 수백 개나 되는, 많은 문학상이 있다. 그런데 문학상이라고 다 '영예로운' 것은 아니다. 상이라 하면 주는 단체나 기관도 뿌듯하여야 하지만, 무엇보다도 받는 사람이 자랑스럽게 여겨야 한다. 그런데 대부분의 문학상이 그러지 않은 모양이다. 특히 아동(어린이)문학계의 상은 더욱 그러지 않은 모양이다. 그래서 생각 좀 있는 작가라면, 아동문학계의 상이라곤 두서너 개 빼곤 받기가 참 '거시기' 하단다.

나는 애당초 상하곤 인연이 없어 거리가 멀어도 한참 먼 사람이다. 상이라곤 작가가 되기 전 학창 시절에 받은 개근상이나 우등상(그것도 소싯적에!)에 이어, 습작기 때 받은 공모상뿐이다. 작가가 되고 나서는 밥상 말고서는 '상'자 붙은 걸 아예 받아본 일이 없다. 나 같은 사람에게 상을 줄 리도 없지만, 혹시라도 어디에서 무슨 상을 준다고 할까 봐 지레 걱정을 하기도 한다.

수많은 문학상 가운데에서도 '대산문학상'은 받아도 그다지 거리낄 게 없는 상이라고 여겨진다. 그런데 대산문학상에 아동·청소년문학 부문은 없어 아동·청소년문학가들은 '받을까 말까' 그런 걱정일랑 처음부터 하지 않아도 된다고 한다…….

대산문학상이 제정된 게 1993년이니 벌써 20여 성상이 넘는다. 그 사이 대산문학상은 한국문학계의 주요한 상이 되었다. 인연 있는 '일반문학' 선배들이 그 상을 받는 자리에 몇 번 참석한 적이 있다. 그때마다 느끼는 건 '왜 대산문학상에 아동·청소년문학은 없지?' 하는 것이었다.

대산문학상은 '창작문화 창달과 한국문학의 세계화'를 기치로 내세운다. 그렇다면 아동·청소년문학은 그다지 창작문화 창달에 기여하지 못하고 한국문학의 세계화에도 기여하지 못하는 모양이군, 이렇게 생각할 수밖에 없다. 그런데 과연 그럴까?

어려서 읽은 책은 평생 동안 영향을 끼친다. 말랑말랑한 감수성을 지니고 있는 시절에 읽은 책은 머리와 가슴 속에 박혀 그 사람의 일생 동안 가장 깊숙한 곳에 간직된다. 그에 반해 성인이 되어 읽은 책은 애써 내용을 기억해야 할 정도라서 그다지 삶을 좌우하지 않는다. 그렇다면 뭐가 더 삶에 영향을 끼치는가?

그런데 '창작문화 창달'이라는 기치를 내걸고 있는 주요 문학상 가운데 하나인 대산문학상이 아동·청소년문학을 빼고 있는 까닭은 무엇일까? 예산 문제만은 아닐 것이다. 이는 우리 사회의 뿌리 깊은 아동·청소년문학 비하에 따른 일반문학 관계자들의 고정관념 내지 선입견일 것이다, 라고 나는 생각한다. 내 생각에 많은 아동·청소년문학가들이 고개를 끄덕일 것이다.

'아동·청소년문학가들이 뭘 알아?', '어린애들 대상으로 무슨 문학을 해?', '어린이문학 하는 작가도 어린이 수준 아닐까?' 하면서 고개를 가로저었을, 이른바 문학의 전문가들! 그들에게 다시 돌려주고 싶은 말은 '당신네들이 어린이와 청소년 그리고 아동·청소년문학에 대해 뭘 알아?' 한 마디이다. 하여튼 그런 사고는 '창작'적이도 않고, '문화'적이지도 않다. 나아가 '창달'도 할 수 없으리라.

대산문학상이 내걸고 있는 두 번째 기치는 '한국문학의 세계화'다. 그런데 한국문학이 세계화되었다는 소식을 아직 접하지 못했다. 이에 반해 아동·청소년문학, 특히 동화는 이미 상당히 많은 부분 '세계화'되고 있다. 웬만한 작가의 작품은 외국에 많이 소개되고 있다. 그것도 당당히 계약금과 인세를 받고서 말이다.

그런데도 대산문학상에서 아동·청소년문학을 빼고 있는 까닭은 무엇일까? 일반문학은 현지에서 번역 요청이 없는데도 오만 가지 말로 추켜세우며 외국어로 번역할 때 지원도 해주면서……. 그렇게 억지로 내보낸 작품에 대해 그 작품을 접하는 외국 독자가 얼마나 될까?

동화와 청소년문학이 지니고 있는 보편성은 세계 어느 나라 아이와 청소년이든 다들 쉽게 공감을 한다는 것이다. 그렇다면 '세계화'되기에 동화만큼 적절한 문학 장르도 흔치 않은 일일 터이다.

어쩌면 아동·청소년문학은 저 혼자서 잘 알아서 '창작문화를 창달하고', 자생적으로 '세계화'하고 있어 굳이 문학상을 주지 않아도 된다고 여기는 것 아닐까? 그래서 번역 지원 같은 것을 하지 않아도 된다고 여기는 것 아닐까? 이른바 문학 전문가들은 생각도 하지 않을 일을 생각해본다. 애써 좋게 생각해본다. 하여튼 아이들 말마따나 '혼자서도 잘해요!'여서 외면하는지도 모른다, 고 생각하자! 하긴, 너무 잘하고 있어 탈이지…….

— 〈시와 동화〉 2014년 가을호

우리 청소년문학
어떻게 열어갈 것인가

요즘 청소년문학에 대한 관심이 그 어느 때보다 높다. 하지만 독서 현실은 초등학교 저학년에게까지 책을 읽히며 논술을 강요하고 있어 알맹이는 없고 껍데기만 있는 어린이문학·청소년문학이 넘치고 있는 실정이다. 더군다나 지금 부흥기를 맞이할 움직임을 보이는 청소년문학의 실정은 더욱 안타깝다. 그나마 솔깃한 마음으로 손에 잡은 책들은 거의 번역 작품이고 어쩌다 만나는 우리 청소년문학 작품은 비슷한 소재에서 벗어나지 못한 채 제자리걸음을 하고 있다. 이러한 때에 〈어린이와 문학〉은 2006년 1월 특집을 준비하며 '우리 작가에 의한 우리 청소년문학을 어떻게 열어갈 것인가'에 대해 창작을 하는 박상률·이경혜·박정애 선생님과,

출판과 평론을 하는 최윤정 선생님을 모시고 진술한 이야기를 들어보기로 했다. 좌담을 진행해주신 박상률 선생님과 흔쾌히 참석에 응해주신 선생님들께 깊이 감사드린다.

박상률 편하게 얘기를 나누기로 하죠. 2004년 초에 〈창비어린이〉의 좌담에서도 청소년문학을 다룬 적이 있는데 그때 아쉬웠던 점은 생산자 측면보다는 매개자와 수요자 측면으로 이야기가 흘러가서 창작자 얘기는 그다지 많이 나오지 않았다는 거예요. 그런데 오늘은 직접 창작하는 작가들끼리 만났으니 창작하는 처지에서 많은 이야기를 나누고 싶습니다. 최 선생님께서는 출판사도 경영하시고 평론도 하시니까 넓게 보면 생산자 쪽에 가깝다고 할 수도 있겠어요. 책을 출판하려면 먼저 작품을 읽고 출판 결정을 하실 테니까요. 최 선생님께선 프랑스까지 가서 공부도 하셨고, 또 거기는 청소년들이 직접 좋은 작품을 뽑아 상을 주는 '탕탕문학상'이란 것도 있고 그러니 우리하곤 청소년을 대하는 태도가 많이 다를 것 같아요. 우리가 아이들을 막연하게 훈육의 대상으로 생각하는 것과는 달리 프랑스는 청소년을 바라보는 인식이 다를 것 같은데, 그것부터 짚어주시는 걸로 이야기를 풀어가죠.

최윤정 무엇보다도 그쪽은 우리하고는 인간관계를 맺는 것 자체가 양상이 좀 다른 것 같아요. 그걸 저는 언어 쪽에서 많이 보는데요. 우리는 언어가 굉장히 복잡하잖아요. 어미를 어떻게 변화시키고 상대방을 어떤 호칭으로 부르냐에 따라 관계가 결정이 되는데, 프랑스만이 아니라 서양말에서 상대방은 항상 똑같죠. 그러니깐 '너'라고 부르잖아요. 우리식의 반말과 존댓말이 수직관계인 것에 반해 프랑스말의 존댓말은 수평관계에서의 거리를 이야기해요. 그러니깐 내가 상대방한테 '너'가 아니라 '당신'이라고 말하면 상대방도 나한테 '당신'이라고 말하는데, 이때 두 사람 사이는 그만큼의 거리를 지킨다는 얘기거든요. 만약 사장이 비서한테 '너'라고 얘기하고 비서도 사장한테 '너'라고 얘기하면 그건 수평관계인 거죠. 아이들한테는 아무래도 좀 불평등한 관계가 되기는 하는데…… 어찌 보면 '훈육'은 우리보다 훨씬 엄격해요. 생활습관이나 시민생활의 기본적인 예의는 철저하게 가르치죠. 우리처럼 애들이니까 공공장소에서 떠든다거나 무조건 떼를 쓴다거나 하는 거 귀엽게 봐주는 분위기가 아니에요. 대신 아이라도 의견을 존중하는 것은 일상화되어 있는 것 같아요. 주어를 생략해도 말이 되는 우리말은 상황을 부드럽게 만들기도 하고 애매하게 만들기도 하는데 주어가 늘 분명해야 하는 그쪽 말은 어른도 아이에게 언제나 '너는 어떻게 생각하니?'라고 묻고 아이도 어른에게 '내가 생각하기에는' 하고 말하기 때문에 서로 주체적이고 존중하는 관계가 되기가 한결 쉬운 거 같아요.

박상률 그러면 어른과 아이들이 언어를 통해 서로 어떻게 관계를 맺는가, 그것 때문에 청소년문학이 가지고 있는 성향도 우리하고는 다를 텐데, 우리는 아무래도 문학보다는 애들을 교육시켜야 되겠다, 해서 훈육의 대상으로 보는 작품이 나왔을 것이고 나아가 뭐 계몽적인 것도 있고 그런 것 같네요. 그런데 프랑스는 애들을 어른과 동등한 관계로 보고, 그렇기 때문에 청소년들이 읽는 책 자체도 우리보단 좀 더 다양하고 무조건 훈육의 대상으로만 보고 있을 것 같지 않다는 생각이 드는데 어떤가요?

최윤정 그렇죠. 그런데 전체의 측면에서 보면 아동·청소년문학이 소수 문학이라는 것은 우리하고 또 형편이 같아. 예를 들면 우리 대학에 청소년문학과가 없고 어린이문학을 연구 대상으로 삼는 것도 극히 드물죠. 프랑스도 제가 유학할 당시만 해도, 1983년에 갔기 때문에 20년이 지나 사정이 조금 다르긴 할 텐데, 제가 알기로는 파리가 아닌 릴이라고 북부에 있는 대학에 어린이문학 연구센터가 하나 있는 걸로 알고 있거든요. 그래서 상대적으로 홀대받고 있다는 그런 느낌은 우리하고 크게 다르지 않아요. 프랑스의 어린이문학은 유럽에서도 후발주자에 속해요.

1960년대부터 시작해서 지금까지 40년 정도 시간이 흘렀는데 일단 작가층은 굉장히 넓고 그동안 쌓아온 축적들이 있는 것 같아요. 그런 점에서는 우리와 다르죠.

박상률 아동·청소년문학이 문단에서 하위문학 취급을 받고 그러는 건 어디나 같네요. 그나마 독일이 전통적으로 조금 낮게 여기는 것 같아요. 우리의 경우 아동문학을 한다고 그러면 일반문학을 하다 못하니까 그쪽으로 갔다, 이렇게 생각들을 했죠. 실제 1960년대, 1970년대는 그렇기도 했지요. 하지만 최소한 1980년대, 1990년대 들어서부터는 그건 아니었는데 아직도 그렇게 생각하고. 이경혜 선생님은 소설로 등단했단 말이죠. 물론 아동문학도 하긴 하지만. 그러니까 일반문학을 하다 아동문학을 하는 경우고, 박정애 선생님도 일반문학을 하시는데 이번에 청소년문학책을 냈단 말이죠. 저도 그랬고. 일반문학을 하다 아동문학을 하고 계신 나이 드신 분들을 보면 묘한 열등감이 있어서 "사실은 내가 원래 소설 썼는데……" 꼭 이렇게 말씀하시거든요. 그런데 그게 좀 듣기가 거북해요. 하지만 최소한 우리 세대는 이제 그런 건 없는 것 같아요. 먼저 이경혜 선생님, 소설 쓰시다가 동화를 쓰시고 이제 청소년들이 볼 수 있는 『어느 날 내가 죽었습니다』까지 나아갔는데, 작가로서 어떤 정체성이랄까, 이렇게 옮겨가는 과정에서 느긴 바를 한번 말씀해주시죠.

이경혜　제 내부의 느낌과 외부에서 보는 시선이 매우 다른데요. 소설 쓰는 친구들하고 만나서 얘기하다 보면 아직도 인식의 차이가 상당히 크거든요. 소설이나 시는 영혼을 바쳐서 하는 순수문학이라고 생각한다면 아동문학은 정해진 틀에 적당히 얘기를 주물러 넣는다는 식으로, 일종의 장르문학처럼 생각들을 하지요. 그러다 보니 순수문학을 해서는 수입이 안 되니까 생계를 위해 어쩔 수 없이 아동문학을 한다, 이렇게들 마음대로 생각하고는 저를 딱하게 여기는 일까지 있어요. 저는 동화나 청소년소설, 일반소설을 쓸 때의 마음이 조금도 다르지 않은데 말이죠. 어느 것이나 말 그대로 영혼을 바쳐서 하는데.(웃음) 그렇게 인식의 차이가 큰 현실이 안타깝게 여겨질 때가 많지요. 그래도 요즘은 많이 나아졌지만요. 사실 동화나 청소년문학이나 일반문학은 분명 겉으로 드러나는 차이가 있지요. 하지만 쓰는 처지에서 생각하면, 그러니까 제 내부의 느낌으로 말한다면, 근원적 차이는 전혀 없어요. 굳이 차이가 있다면 단지 내가 말하고자 하는 얘기를 여섯 살짜리에게 들려주고 싶은지, 일흔 되는 노인에게 들려주고 싶은지 이런 차이라고나 할까요? 그에 따라 말투가 달라지는 거지, 내용이 달라진다고는 생각 안 해요. 그리고 저는 이 점이 중요하다고 생각해요. 아이나 청소년에게는 삶을 요만큼만 보여주고, 나머지는 덮어두자, 그런 태도가 동화나 청소년소설을 쓸 때 가장 나쁜 태도라고 생각해요. 그러니까 제 경우 작가로서의 정체성 차이는 없어요. 만약 그런 게 있다면 없애려고 작가 스스로 노력해야 한다고 생각하고요.

박상률 그럼 박정애 선생님, 이번에 『환절기』를 쓰시면서 이건 청소년들에게 읽혀야겠다는 의식을 하고 쓰셨습니까? 아니면 써놓은 후에 이게 청소년이 읽으면 좋겠다, 이렇게 거꾸로 생각하신 건지 선생님 창작 과정을 들려주시죠.

박정애 저도 일단 마찬가지로 성인물…… '성인물'이라니깐 이상한데.(웃음)

최윤정 (웃으며) 용어 정리를 해야 돼요.

박정애 네. 그러니깐, 성인문학이라기보다는 일반문학으로 등단을 하고 소설을 계속 쓰면서, 구태여 직장을 잡은 거야말로 생계를 위한 거죠. 사실 전업 작가로 살고 싶은 맘이 있죠. 그러니 생계를 위해서 아동문학으로 뛰어들었다 이런 거는 아니고요. 새로 쓸 장편소설을 여러 갈래로 구상하고 있었어요. 그러는 중에 2004년이죠? 자살한 여중생 '정수경'의 얘기를 인터넷 기사에서 읽었는데 그게 오래도록 제 속에서 사라지지 않았어요. 그리고 그것이 제가 청소년기를 고민하게 하는 계기가 됐죠. 제 청소년기를 포함해서요. 제 청소년기가, 좀 부끄럽지만, 힘들었거든요. 저도 죽고 싶었어요.

박상률 『환절기』 머리말에도 그렇게 쓰셨더군요.

박정애 네. 가정적으로, 경제적으로 무척 힘들었고, 제가 제 속에서 희망을 길어내지 않으면, 까딱 마음을 잘못 먹으면 죽을 수도 있는 그런 상황이었어요. 그 시절을 잊고 있었다고 생각했는데, 그게 아니었어요. 그 시절의 절망이 펄떡펄떡 떠오르면서 그 시대를 한번 정리해야겠다는 생각이 들고, 이 세상의 죽고 싶어 하는 십 대들과 소통을 하고도 싶고, 제 십 대에게 말을 걸고도 싶고, 또 위로하고도 싶고 그런 거였죠. 그러니까 십 대를 살고 있는, 죽고 싶어 하는 소녀들한테 얘기를 해주고 싶었어요. 아무리 힘들어도 그 순간은 지나가게 마련이고, 살아남으면 어떻게든 또 살게 된다, 살다 보면 삶에 감사하는 날도 온다, 그런저런 얘기를 좀 해주고 싶었던 거예요. 그러던 차에 밀양 고등학생들의 집단 성폭행 사건을 접했어요. 제가 밀양 옆 청도 출신이라 밀양 사람들 좀 아는데, 양반의식이 무척 강해요. 그런데 그 밀양 남학생들이 남의 고통을 공감하는 능력이 아주 떨어진다는 생각을 했어요. 그러니깐 당장 또래집단에서 자신의 위치, 뭐, 순간적인 쾌락, 이런 건 중요하고 피해자 여학생의 고통에 대한 공감능력, 감수성이 너무나 희박한 거죠. 거기엔 그 남학생들 당사자뿐만 아니라 사회도 책임이 크고, 교육도 책임이 크고, 부모도 책임이 크고, 저 자신도 책임이 크다는 생각이 들었어요. 그러니까 제가 할 수 있는 일이 무엇인가 고민하는 거죠. 책이라는 게 간접 체험의 장인데 이 간접 체험을 통해서라도 타인의 고통에 대한 감수성을 키워주는 그런 역할을 할 수 있지 않을까 싶고요. 『환절기』는 제 십 대를 불러내면서 동시에 지금의 십 대를 독자로 상정해서 쓴 작품이에요. 그러니까 애초에 청소년을 대상으로 잡고 쓴 셈이죠. 돌이켜보면, 제가 아홉 살, 열한 살짜리 아이 둘을 키우고 있어서 그런지 어린이소설을 한번 써보고 싶었어요. 그래서 써봤는데 제가 봐도 너무 미숙해서 한참 묵히고 있었어요. 그런데 이렇게 청소년문학에 첫발을 들이밀고 나니깐 조금 더 나이를 낮춰볼 자신감이 생기더라고요. 그래서 묻어뒀던 그 어린이소설을 꺼내 전면적으로 뜯어고쳐서 내년에 책이 나오는데요. 제 말씀은, 아동문학이 결코 쉽지 않은 건 물론이고 훨씬 더 어렵더라는 거죠.

이경혜 그렇죠. 그게 우리의 언어가 아니잖아요.(웃음) 쓰는 어려움으로 치면 저는 청소년소설이 가장 어려워요. 일반소설은 어른을 상대로 하는 것이고, 제가 어른이니까 모국어로 말하듯이 흘러나오는 대로 쓸 수 있거든요. 동화는 또 동화대로 내 속의 아이, 그러니까 지금의 나와는 전혀 다른 존재를 분리시켜 떠올릴 수 있으니까 나를 분리시켜 그 세계로 들어갈 수가 있는데, 청소년소설은 참 미묘해서 비틀비틀 하다 까딱하면 아이 쪽으로 기울고 까딱하면 어른 쪽으로 기우니 그걸 유지하는 게 쓰는 동안 몹시 힘이 들어요. 평균대 위에 올라선 것처럼 극도로 긴장이 필요하죠. 그런데 이건 작가마다 다른 것 같아요. 선생님처럼 아동문학 쪽이 청소년소설보다 더 어렵다고들 하시는 분들이 많아요.

박정애 네, 그래서 참 어려웠어요. 토지문화관에서 초고를 썼는데, 그게 2001년이었나요? 그런데 벌써 2005년도 끝나가잖아요. 그만큼이나 세월이 걸린 거예요. 그렇게.(웃음)

박상률 제가 가장 듣기 싫은 소리가 동화'나' 쓴다는 거예요. 저는 이 판에서 좀 오래 견디다 보니까 요즘엔 저한테 대놓고 그렇게 말하는 사람은 없지만 여전히 눈치를 보고 하더라고요. 장르를 옮겨 다니며 글을 쓴다는 것이 저 같은 경우는 일단 마음에 어떤 얘기가 들어오면 그걸 시로 쓸 건지, 동화로 쓸 건지, 소설로 쓸 건지가 머릿속에서 교통정리가 되더라고요. 우리가 음식을 내놓을 때 대접에다 담을지 간장 종지에 담을지 아니면 접시에다 놓을지를 결정하듯 말이에요. 그러니까 처음부터 딱 동화만 썼으면 어떤 얘기든지 동화라는 그릇에 쑤셔 넣으려고 애를 썼을 텐데 일단 거기서 좀 자유로우니깐 편하더라고요.

그럼 이젠 청소년문학이 왜 어려운가를 한번 얘기해보죠. 청소년소설이 동화나 일반소설과 다르긴 다른데, 그런데 이게 뭐라고 정의할 수 없어요. 일반소설도 아니고 동화도 아닌 것이, 그렇지만 어른 쪽에 좀 더 가깝게 여겨지는데, 그러니까 청소년은 아직 자라고 있는 미완성의 존재이면서 유년의 아이들보다는 성인에 더 가깝다는 거죠. 그런 것들로 청소년소설 쓸 때의 문체랄지 문장 같은 것도 고려가 돼야 하는데, '사계절 1318'에 투고된 작품들을 살펴보면 일단 동화작가가 쓴 것은 소설 문법에 대한 이해가 부족해서 모든 걸 동화적 처리 방식으로 하고 또 소설가가 쓴 청소년소설은 거의 나도 예전에 한때 놀았어 하는 회고조로 중·고등학교 때 이야기를 써놓는단 말이에요. 그렇게 쓰는 것이 청소년문학인 줄 아는 시각도 있거든요. 작가들이 가지고 있는 개인의 정체성에서부터 현상적으로 나온 지금의 청소년문학을 두고 볼 때 어떻게 서로 잘 연결이 되겠는가, 하는 것도 문제가 되는 것 같아요. 어떠세요? 최 선생님께서 정리 좀 해주시죠.

최윤정   글쎄요. 제가 정리할 수 있을지 모르겠는데요.

박상률   평론가가 그런 건 잘 하시잖아요.(웃음)

최윤정   저도 청소년기는 참 어렵다고 봐요. 애들은 확실하게 어린 거거든요. 그 어리다는 걸 어른들은 무슨 시심이라고도 하고 동심 뭐 그렇게 이야기하는데 사실 아이들이 깨끗하다는 건 세상을 모른다는 거거든요. 모르는 게 많아서 일상 언어도 다르고 그렇기 때문에 그것이 시처럼 느껴지고 그러는 건데 청소년기의 아이들은 어린이기도 하고 어른이기도 하고 그런 것 같아요. 그러니깐 사람이 단계적으로 차근차근 어린이다가 청소년이다가 어른이다가 딱 구별이 되는 게 아니고 청소년기는 어른도 있고 아이도 있고 자기 속에 이렇게 혼란스럽게 섞여 있는 것 같아요. 최근에 젊은 사람들하고 많이 만나는데 저보다 스무 살도 더 어린 친구가 무슨 얘기 끝에 그러더라고요. "어른이 뭔지 모르겠어요. 저는 지금까지 살면서 어른이라는 사람은 한 사람도 못 만나봤어요."라고요. 그 말을 들으면서 그때 저는 굉장히 복잡하고 뜨끔하기도 하고 내가 정말 이 친구보다 어른인가 그런 생각이 들었어요. 그런 젊은 친구들이나 심지어 아이들 하고 대화가 서로 잘 통하고 그럴 때는 저도 제가 어른이라고 안 느껴지거든요. 그러면 정말 어른이 뭘까 이런 생각을 해보니깐 결국은 어른이라는 게 하나의 관념이지 않나 싶어요. 누구를 청소년이라고 하고 누구를 청년이라고 하고 누구를 어른이라고 할 것인가 생각해보면 한 개인 안에 그게 다 섞여 있다는 거죠. 다 섞여 있어서 내가 청소년을 만날 때는 내 안의 청소년이 튀어나와 반응을 하듯이 사람은 그렇게 다면적인 것 같거든요. 그래서 아까 박상률 선생님이 말씀하셨듯이 작가들이 자신의 과거 청소년기를 이야기로 풀어가고 하는 것들을 보면 우리나라 청소년문학이 더욱 어렵다고 보는 거예요. 우리 사회가 급격히 변화해왔기 때문에 우리의 청소년기와 지금 아이들의 청소년기는 간극이 너무 크거든요. 그렇게 코드가 안 맞는 부분을 맞추려면 요즘 아이들에 대해 알아야 될 것들이 많다는 거죠. 그런 문화적 배경이 같지 않은 상태에서 일반소설 쓰는 사람들이 청소년문학을 할 때는 단절된 부분이 있다고 봐요. 옛날에 친구랑 애들 얘기하다가 나온 말인데, 청소년기의 특성은 이런 것 같아요. 반죽이 잘 되어 있지 않고 각각 따로 있는 상태라는 거죠. 김치의 경우도 배추 넣고 소금 넣고 젓갈 넣고 고춧가루 넣어 제대로 어우러져야 김치 맛이 나는데 청소년기 애들은 그것들이 다 있긴 하되 배추는 배추대로 쌩쌩하고 고춧가루는 고춧가루대로 있어 맵고 짜고 이렇기만 할 뿐 발효된 맛이 안 난다는 거죠. 제가 보기엔 이런 게 딱 맞는 비유인 거 같아요. 요즘 청소년들은 옛날이랑은 많이 다른 거 같아요. 우리 때는 다 억눌려 있었고 늘 어른을 존경했고 어른들한테 배워야 했고 그랬는데 요즘 애들은 거꾸로 인 것 같아요. 요즘 애들은 어른을 우습게 생각하잖아요. 뭘 모른다고 생각하고. 저부터도 그렇지만 사실 어른들이 옛날만큼 어른답거나 어른스럽지도 않고요…….

박상률 어찌 보면 우리 세대는 청소년기가 없었다는 생각이 드네요.

최윤정 그렇죠. 저도 그렇다고 생각해요.

박상률 가끔 사람들이 저보고 어떻게 성장소설을 쓰냐 하고 물으면 농담으로 나는 아직도 성장 중이고 죽을 때까지도 성장할 거다 이렇게 말하기도 하는데, 최 선생님이 말씀하신, 어른은 관념이고 어른을 못 만났다, 이런 말씀을 들으니 저도 제 겉껍데기는 학교 가면 선생이고 집에 들어가면 아빠가 되는 어른이지만, 몸속에는 아직도 어린 시절이나 청소년기에 못 겪고 못 해봤던 것들이 들어 있는 거 같아요. 그래서 작품을 쓰고 나면 속이 후련해지고 그러죠. 그러니까 독자를 먼저 의식해서 쓰는 것이 아니라, 괴테가 모든 작품은 자기 자서전이라고 말했듯이, 내가 쓴 작품은 어떤 식으로 변형이 되었다 하더라도 결국은 내 얘기가 아닌가 싶네요. 사실 어른이란 게 따지고 보면 어른이라는 역을 맡아 하는 거죠. 자기는 나이가 마흔이니까 어른스럽게 굴어야 한다고 생각하는 거죠. 또 애들한테도 늘 그러잖아요. 이제 중학교 갔으니 어쩌고 저쩌고 해야 된다거나 형이니까 형 노릇 해라 뭐 이런 식으로 편리하게 주입시키는 게 아닌가 싶네요. 사실 청소년문학을 나이로 갈라서 열세 살부터 열여덟 살로 대충 중·고생들이 보는 거다 하는 것도 마찬가지죠. 작품 내놓은 뒤 얼마 지나 독자들의 반응을 보면 중·고생보다는 엄마들 반응이 더 커요. 엄마들이 자기 애가 무슨 책을 읽나 검열 차원으로 보다가 이게 자기 얘기니까 오히려 공감을 하게 되어 반응을 보이는 것 같더라고요. 그러니까 청소년문학이라는 것을 편의에 따라 나이로 가를 것은 아닌 것 같고 어른도 보는 문학이요, 그 맥락으로 보면 우리 같은 어른들이 또 동화를 보면 얼마나 재미있어요. 결국 청소년문학이라는 갈래가 있는 것이지 그걸 꼭 청소년만 보는 것은 아니라는 거죠.

최윤정 네, 결국은 작품성이 문제인 것 같아요.

박상률 그렇죠. 그러기에 무엇보다도 작품성이 문제죠.

최윤정 잘된 작품이라면 어떻게 되든지 간에 보는 사람에게 감동을 주잖아요. 그런 것이 문제인 거지 애들 책이라고 어른은 시시하고 이건 아니죠. 그런데 그렇게 시시하게 되는 것은 사실 그런 책이 너무 많다는 거예요. 실제로 시중에 깔려 있는 어린이책을 보면, 예를 들어 소설가들이 본다면 '이건 뭐 발로 써도 쓰겠네' 하는 식이 되는 거죠. 이렇게 어린이문학이 쉽게, 쉽게 생각되는 것이 우리의 슬픈 현실인데 '동화는 이런 것인가 보다' 하는 이상한 결론이 문법이 되고 교과서가 된다는 거예요. 최근에 어느 작가 한 사람이 재미있는 이야기를 했는데, 대학을 졸업하고 글에 관계된 일을 오랫동안 하다 '나도 내 글을 쓰고 싶다'는 생각이 들어 무엇을 쓸까 하고 보니까 동화가 좀 만만하게 보이더래요. 그래서 신춘문예에 응모를 하려고 동화는 어떻게 쓰는 것인가 하고 보니까 별거 아니라는 거죠. 동화는 '했습니다' '했어요' 하는 구나,(웃음) 그 다음엔 의인화구나. 그렇게 보니까 별 거 아니더래요. 그래서 뚝딱 단편 하나 써서 응모했더니 덜컥 당선이 되었다나요. 다행히도 이 친구가 이제는 너무 혼란스럽다고 해요. 지금은 책도 내고 작품도 괜찮은데 이제는 동화를 어떻게 써야 하는지 모르겠대요. 그냥 가볍게 생각하고 시작했는데 평생의 업이 될지도 모른다고 생각하니까 무섭다는 거예요. 그런데 그렇게 생각하는 것은 그 사람 탓이 아닌 거예요. '교과서'가 그런 식으로 깔려 있으니 모르는 사람이 보고 '동화는 이런 거네' 하고 당연히 그렇게 생각하죠. 그런 책임이 참 크다고 느껴져서 정말 힘들고 그렇죠.

이경혜　예전에 사춘기 때 읽던 시집들 보면 번역을 이상하게 해서 '아! 슬프다, 어쩌고' 뭐 이런 식으로 써 있는 것 많잖아요? 그런 시들을 보고 애들이 '어, 이거 쉽구나' 하고 막 따라 쓰곤 하잖아요? 하나같이 영탄조로 느낌표 팍팍 찍어서⋯⋯. 물론 그런 시들이 당선되는 경우는 없었지만 선생님 얘기 들으니 그런 생각이 나네요.

최윤정　그렇죠. 그런데 신춘문예 동화는 아직도 그렇게 써야 당선되는 것들이 많죠.

박상률　그것 참 문제네요. 저 같은 경우는 동화를 쓰게 된 계기가 좀 느닷없는데, 첫 시집 내용 가운데에 어린 시절 얘기가 한 서너 편 있는데 그걸 누가 동화로 써보라고 하더라고요. 최윤정 선생님이 말씀하셨던 그 친구는 그래도 동화를 분석해서 의인화하는 거나 문장 종결어미는 어떻게 처리하는지 이런 것을 나름대로 했는데,(웃음) 저는 그런 것도 없이 그냥 마구잡이로 썼지요. 분량조차 어찌해야 한다는 생각도 없었어요. 그렇게 쓰기 시작했기에 처음엔 동화 쓰기를 무서워하지 않았던 것 같아요. 그런데 어느 정도 쓰다 보니까 갑자기 동화 쓰는 일이 좀 무섭더라고요. 그러니까 이게 가장 어려운 장르가 돼버린 거예요. 좋은 시는 쓰기 어렵지만, 시는 최악의 경우 거짓 감정으로 말장난이라도 쳐서 만들면 만들어지는데, 동화는 말장난 해서 되는 것도 아니고, 어떤 이야기를 꺼내 되풀이하는 것도 아니고, 계속 상상력을 필요로 하고 요즘 아이들을 살펴봐야 한단 말이죠. 그런데 요즘 아이들 마음과 내 마음이 딱 들어맞지 않으니까 걔네들 얘기를 그렇게 쉽게 쓸 수도 없어 어려운 게 좀 있더라고요.

그럼 이번엔 작품을 가지고 이야기를 나눠보죠. 제가 보니까 이경혜 선생님 첫 청소년소설 작품에 죽음이 나오고, 박정애 선생님의 작품에도 죽음이 나오더란 말예요.

이경혜 저도 어릴 때 책이나 영화에서 사람이나 동물이 죽으면 그 작가를 때려주고 싶었어요. 너무너무 속이 상했거든요. 지어낸 얘기라는 걸 알면서도 마음이 너무 아파서 작가를 미워했죠. 그리고 내가 커서 만약 글을 쓰게 된다면 절대로 한 사람도 죽지 않는 글만 쓰겠다고 결심도 했어요. 그랬는데 지금 제 책들을 보면 언제나 죽는 얘기가 나와요. 하다못해 『유명이와 무명이』 같은 즐거운 이야기 속에도 강아지 죽는 얘기가 나와서 애들한테 "왜 강아지를 죽게 했어요?" 하는 항의도 받아요. 그 아이들의 마음을 저는 정말 잘 알 수 있어요. 제가 바로 그랬으니까요. 그런데도 글을 쓰다 보면 저절로 그렇게 돼요. 아무리 안 그러려고 해도 어쩔 수 없이 그렇게 돼요. 가만히 생각해보면 언제나 제 글에 죽음이 많이 나오는 게 어렸을 때부터 죽음에 대해 많이 접하고, 그런 생각을 많이 한 탓인가 싶기도 해요. 어릴 때부터 집안 식구들이 자주 아팠고, 그래서 저도 병원에 가서 지내는 날이 많았어요. 누가 시키지 않아도 제가 나서서 그러곤 했어요. 병원에서 자고 아침에 학교로 가는 날도 제 기억 속에 꽤 많아요. 병원이라는 곳이 죽어가는 사람을 살리는 곳이기도 하지만 그 자체가 죽음이 우글거리는 집이잖아요? 저는 그 속에서 사람이 병들고, 늙고, 죽고, 그런 문제에 대해 일찍부터 생각을 많이 했어요. 그런 경험이 마음속에 제일 무거운 짐으로 자리 잡아서 아무리 피하려고 해도 저절로 나오는 모양이에요. 그리고 아까 박정애 선생님께서 그 여학생 얘기가 마음에 날아왔다 하셨는데, 저 역시 『어느 날 내가 죽었습니다』를 쓰게 된 실제적인 모티브 사건이 있었고 그 얘기가 저한테 말도 못 하게 아프게 왔기 때문에 그걸 풀어내지 않으면 제가 못 살 것 같은 그런 마음에서 쓰게 됐어요. 죽음을 의도적으로 제시하겠다는 생각은 없었는데 쓰다 보니 결국은 또 죽음을 붙들고 쓰게 된 셈이죠.

박상률 박정애 선생님은 어떠세요?

박정애 『환절기』에선 할머니가 죽지 소녀 주인공은 끝까지 안 죽어요.(웃음) 그러니깐 할머니의 경우는 죽으려면 죽을 계기가 얼마든지 있었는데도 자기 인생을 끝까지 살아남았어요. 그렇게 끝까지 살다가 자연사하신 거고. 수경이 같은 경우는 수경이와 비슷한 십 대들, 죽고 싶어 하는 십 대들이 그런 마음을 결국은 극복하고 사는 얘기예요. 그러니까 살라고, 살라는 메시지를 전하고 싶었어요. 나도 너희들처럼 무지무지 죽고 싶었는데 결국은 살았거든, 살다 보니 그때 안 죽은 게 얼마나 다행인지 몰라, 그러니까 살아라! 죽고 싶은 그 순간은 결코 영원이 아니고 지나가더라! 그런 얘기를 하고 싶어서 쓴 거였고요. 제가 열한 살 주인공을 등장시켜서 앞으로 나올 책이, 실은 또 죽음의 문제를 다루고 있어요. 그러니까 죽음이라는 게 일상이더라고요. 피하고 싶다고 피해지는 것이 아닌 일상이라는 거죠. 우리 아들이 네 살 때 자기를 굉장히 예뻐하던 할아버지가 돌아가셨는데 할아버지 관을 차가운 땅속에 묻는 걸 보고 상당히 충격을 받았어요. 그래서 엄마도 늙으면 저렇게 죽고 자기도 결국에는 그렇게 된다는 문제를 풀지 못하더라고요. 거기에 대해서 제 나름으로 아이에게 해줄 수 있는 설명을 찾아보려고 했어요. 그게 처음엔 너무 미숙했고, 지금도 미숙합니다만, 그래도 어느 정도 완결이 되어서 책으로 나오게 됐어요. 저 같은 경우 자살한 후배도 있고 주변에 많은 죽음이 있어요. 어디 저만 그렇겠어요? 저도 언젠가는 죽을 존재이고 거기에 대해서 제 나름대로 어떤 설명을 하려고 하는 거고, 또 어린이 독자에게도 하고 싶은 거고 그렇죠. 설명할 수 없는 문제에 대해 설명을 하려고 드는 것, 그게 문학이잖아요. 그래서 사실은 저도 잘 모르면서, 제 나름대로 언어라는 도구로써 설명을 해보려고 하는 거고 그러다 보니까 그것이 삶과 죽음의 문제가 되는 것 같아요.

박상률 그런데 선생님, 그 짧은 소설 속에 친할머니 죽지, 장씨 죽지, 나중에 물론 나이 들어 죽지만 봉선할머니 죽지, 이렇게 죽음이 계속 나오고 그러다 이제 극단으로 가죠. 수경이, 수향이가 그것도 한 부자한테 성폭력 당하고 그러는데 이런 것들을 작가가 끝까지 견뎌낸 것 같더라고요. 안 그러면 중간에 적당히 걔네들 고생 좀 덜 시키고 그랬을 텐데 말이죠.(웃음)

박정애 (웃으며) 네.

박상률　박정애 선생님의『환절기』는 죽음이 계속 나오고 장씨의 죽음은 얼른 받아들이기 힘든 죽음이긴 하지만 응징을 당한 것 같아 답답했던 게 풀리는 묘한 느낌도 있고, 또 첫 페이지에 실제 모델이 됐던 아이는 죽었다고 나오니까 표지의 화려한 꽃들이 상여 꽃을 연상시키기도 하고 그렇더라고요. 어쨌든 독자들은 이런 것을 빠트리지 않고 읽어내겠지요. 청소년문학 지망생 처지에서 보면 기성 작가들이 자기 작품을 쓸 때 어떤 계기로 쓰고 어떤 자세로 썼는가? 하는 것들이 실제로 도움이 될 것 같아요. 왜냐면 작가는 저마다 쓰는 방식이 다르지만 처음 시작하는 사람들은 아무래도 먼저 걸어간 사람들이 고민한 걸 참고해서 쓰게 되고, 사실 심사평 두서너 줄에도 얼마나 목을 맵니까. 그래서 우리가 자기 작품에 반영된 이런 얘기를 하는 것도 의미가 있겠습니다.

최윤정　네. 어린이문학이나 청소년문학이라고 하면 해피앤딩으로 끝나는 것이 보편적이죠. 과격한 이야기, 어두운 이야기는 피해가고. 이것이 이제까지 일반적인 풍조인데 아까 박상률 선생님께서 질문하셨듯이 "당신들은 죽는 이야기더라, 주인공이 막 죽고 하는데 그런 점에서 어떻게 생각하고 있느냐?"는 것에 대한 이야기도 의미 있다고 봐요.

박상률 네. 맞아요. 1990년대 초까지는 이혼이나 죽음 같은 문제들을 어린이문학에서 그다지 다루지 않았어요. 엄마가 집을 나가더라도 그때 나온 동화들은 어떠했냐면, 아이가 다 이해를 해버려요. 꿋꿋하게 자라고. 저도 아이를 꿋꿋하게 그리다 보니 그렇게 된 적이 있었는데, 솔직히 엄마가 아이를 다독거리면서 "엄마 마음 이해하지?" 그러는데 그걸 어떻게 이해합니까? 그저 미울 뿐이지.

박정애 그렇죠. 밉죠.

박상률 그런데 대개 그런 식으로 좋게, 좋게 끝나요. 엄마는 엄마 갈 길 가더라도 아이들은 또 솟아오른 태양을 보고 희망을 갖고, 미움도 잊는, 어찌 보면 간단하게 말이죠. 아무튼 그런 측면에서 보면 이혼과 마찬가지로 죽음이라는 것도 상당히 금기된 언어였는데, 아이들을 보면 모르는 것 같지만 또 한편으론 알 건 또 안단 말이에요.

최윤정 모르는 것 같지도 않더라고요.(웃음) 그런데 요즘은 죽음에 대한 얘기는 또 굉장히 많은 것 같아요. 개인적으로 제 아이가 죽음에 대한 공포가 많이 있어요. 이게 제가 감당이 안 되니깐 그냥 가볍게 넘겨버리고 그러거든요. 아이가 "엄마 또 죽는 게 무서워" 그러면 "너 또 공부하기 싫지?" 이렇게 넘기거나 어떤 때는 진지하게 얘기해보기도 하는데 어떻게 해결이 안 돼요. 그래서 이제 죽음에 관한 동화를 주기도 하는데 대체로 동화에서 죽음을 다루면 죽음 자체를 다루는 것이 아니고 살아남은 자들이 죽은 사람들의 빈자리를 어떻게 받아들이고 죽은 사람을 어떻게 잘 떠나보낼 것인가에 관한 이야기를 하고 있단 말예요. 그런데 아이는 거기에 관심이 있는 게 아니고 죽음 자체에 관심이 있어서 훨씬 더 형이상학적인 거죠. 그러니까 더 어릴 때는 단순한 말로 표현하다가 나중엔 "내가 뭐 이렇게 저렇게 하고 살아도 어차피 죽을 건데 이게 무슨 의미가 있냐? 무슨 재미가 있냐? 사람이 죽을 거면 뭐 하러 열심히 살고 심지어 뭐 하러 태어나냐?" 이런단 말예요.

박정애 머리 깎아야겠네요.(웃음)

이경혜 그래요. 아이들은 의외로 그런 생각들을 해요.

최윤정 가만히 보면 아이들이 형이상학적이거나 본질적인 것들에 대한 관심이 어른들보다 훨씬 더 많아요. 우리가 어른이 되면 자기의 일상생활이나 이익과 관계가 없는 것에는 대체로 관심이 없잖아요. 그런데 아이들의 걱정이라는 건 그렇지 않고, 훨씬 더 인간과 삶의 본질적인 부분에 관심이 있는 것 같아요. 그래서 아이들에게 교육이라든지 문학에서 어떤 관심을 어떻게 건드려줘야 할지가 제대로 정립되어야 하는데 이걸 어른들이 잘 못한다는 거예요. 지금의 어른들이 그런 것들을 충분히 읽지 못하고 컸기 때문에 어느 시기에 그만 잊어버리는 거죠. 아이들에게 질 좋은 생각을 할 수 있는 작품을 주어야 하는데 그렇지 못한 것 같아요. 이 죽음에 대한 것도 거의 무슨 유행처럼 번졌는데 대부분은 외국 작품이었어요.

박상률 요즘 유행하는 게 죽음, 성폭행, 아빠의 폭력, 이혼. 뭐 이런 것들로 글 책부터 그림책까지 많이 그렇더라고요.

최윤정 그러니까 그게 너무 문제 중심으로만 풀어가려고 하고, 저도 한때 2, 3년간 심사했던 동화의 응모작들이 보기가 싫을 정도로 가정파탄, 이혼, 또 돈이 없어서 뭐 어떻게 되는……. 하나같이 그 전에 동화에서 금기했던 걸 이제 뭘 보여주는 것처럼 따라가면서 새로운 도식이 생겨나고 그러는 거예요. 그러니깐 이것이 트랜드처럼 느껴지는 거는 조금 잘못된 현상이라는 거죠.

박정애 네, 그 트랜드가 문제죠.(웃음)

박상률 그건 문학의 깊이가 얕아서 그런 것 같아요. 청소년문학만 보더라도 이것이 다양하게 사회하고 맞물려서 역사적인 것도 다뤄지고 해야 되는데 아직도 성장소설 위주로 된 작품만 나오고 있고 동화에서도 어떤 것이 유행을 하면 막 따라가고 그러죠. 생태가 유행하면 전부 생태동화만 쓰듯이 말예요.

이경혜 한편으로 저는 그런 것들이 긍정적인 면으로 느껴지기도 해요. 그게 청소년문학이든 동화든 문제점은 또 비슷할 거라는 생각이 드는데, 여전히 가장 큰 문제점은 터부가 많다는 거예요. 특히 청소년문학 쪽은 외국 작품과 비교해보면 아직도 금기시되는 것들이 너무 많아요. 물론 지금 이렇게 몰려서 나오는 현상은 문제가 많지요. 똑같은 현상이라도 보는 시각이 다 달라야 하는데 비슷비슷하게 나오잖아요? 그런 것이 문제인 건 확실하지만 과거에 울타리를 쳐주고 아이들에겐 밝은 것만 보여주던 아동문학의 한계에서 벗어나려는 몸부림처럼도 여겨져요. 그러니까 예전의 태도에는 겉으로 드러나는 무의식적 보호 속에 아이들을 무시하는 감정이 함께 담겨 있었잖아요? 금기했던 것들을 건드리기 시작한다는 것은 최소한 아이들을 무시했던 태도를 조금씩 바꿔간다는 말은 아닌지, 그런 생각도 들거든요. 박정애 선생님의 『환절기』를 봐도 그렇지만 거침없이 쓰셨잖아요. 표현도 그렇고 다루고 있는 문제도 그렇고. 사실 그렇게 쓰는 것이 어렵다고 생각하거든요. 아이들은 우리가 생각하는 것보다 훨씬 많은 것을 잘 받아들일 수 있는지도 몰라요. 솔직히 텔레비전이나 영화나 이런 데선 아무도 거리를 두지 않잖아요? 세상의 모든 끔찍한 것들이 아이들한테로 그냥 쏟아지는데, 그걸 어떻게 잘 소화할 수 있게 해줄지를 고민해야지 막기만 하는 건 능사가 아닐 테니까요.

최윤정 그런 것이 깨져야 되고 동화나 청소년문학이라고 해서 무슨 얘기는 하지 말아야 된다는 것은 근본적으로 없다고 봐요. 그런데 지금 문제는 오히려 소재주의로 나가는 것이 문제라는 거죠. 그게 정말 깊이가 있어서 넓어져야 되는데 이렇게 소재로만 다뤄서 사건 중심으로 빠지는 것을 경계해야 된다는 거죠.

이경혜 예. 소재 중심, 사건 중심에 대한 경계는 반드시 필요하죠. 그건 창작의 입장에서 볼 때 대단히 안일한 태도잖아요? 아까도 말씀하셨듯이 평범한 일상 속에서 이야기를 풀어가는 것이 가장 중요하고도 어려운 일이죠. 단지 저는 이런 흐름을 일종의 과도기적 현상이라고 보는 거예요.

박상률 결국 너무 한쪽으로 쏠리고 있고 비슷한 시각으로만 가고 있다는 게 문제네요.

최윤정 그러니까 그런 것들이 일종의 '경계'가 되어서 삶의 본질을 건드려야 하는 게 맞죠. 그런데 그렇게 쉽게 사건화해 일상의 이야기로만 가는 걸 우리가 만날 무슨 청소년문학의 문제고 어린이문학의 문제라고 꼭 그렇게 뒤집어쓸 것만도 아닌 것이 이게 한국 사회의 특성이기도 하거든요.

박정애 맞아요. 드라마나 소설 같은 것도 유행 따라 식상한 아류작들이 쏟아져 나오고 그러죠.

최윤정 결국 뭐냐면 획일적으로 막 똑같이 나가고, 또 쉽게 뭐가 확 뒤집어지고 하는 것들이 한국 사회의 특성이지 아동문학의 책임은 사실 아닌 것 같아요.

박상률 그렇죠. 그런데 우리가 이 바닥에 있다 보니깐 그것이 더 도드라지게 보이는 거죠.

최윤정 그리고 우리가 굉장히 감정적으로 사고하기 때문에 팍팍 쉽게 쳐들어가고는 하는데 오히려 외국 작품들을 보면 좀 더 조심하는 게 많이 느껴져요. 우리가 금기하는 것들을 안 다루는 것이 아니라, 다루되 정말 조심스럽게 어떻게 어디까지 보여줄 것이며 알레고리 상징을 어떻게 사용할지 고민하는데 우리는 거기에 비해 아주 과감하게 그냥 막 나가죠. 한국 사람이 싸우면 바로 주먹이 나가는 것과 비슷한 건데 외국 사람들이 내레이션으로 써놓은 거 보면 답답하잖아요. 어떻게 저렇게 화를 말로 표현하나 (웃음), 싶을 정도로 그렇게 길게 말로 하잖아요. 그런 근본적인 차이가 있는 것 같아요.

박정애 그런 면에서 저는 소재의 저변이 확대되는 것도 필요하다는 생각이 들어요. 갑자기 유행하는 소재만 다루는 게 아니고 예를 들어 요즘 소설에서는 역사소설이 많이 출간되는데, 그것도 유행의 일종이긴 하지만 잘 쓰면 괜찮잖아요. 그러니깐 물론 요즘 청소년이 우리 세대하고 많이 다르다고는 하지만 또 본질적으로 생각하면 저는 조선 시대 청소년과 지금 청소년이 같을 수도 있다고 생각하거든요. 조선 시대 뭐, 열 몇 살에 애 낳았다 하더라도 지금의 아이들과 비슷한 측면이 있을 거라는 거죠. 그래서 지금 청소년들의 가정 파탄이나 뭐 이런 것만 가지고 다룰 것이 아니라 역사적인 것도 다룰 수 있고 그렇게 좀 더 통시적으로 넓어지는 것들이 필요하지 않나 싶네요.

박상률 맞습니다. 청소년문학의 영역 자체가 좀 넓어져야 돼요. 지금 청소년문학이라고 하면 말 자체도 가두는 느낌이 들거든요. 그러니까 아까도 얘기 나왔지만 일반 작가들은 중·고등학교 다닐 때 일탈했던 것들 써놓은 것을 청소년문학이라 생각해버리고 또 실제로 동화를 쓰시는 분들도 청소년을 바라볼 때 유년의 틀에서 크게 벗어나지 못한 것들을 쓰게 되고, 우리가 좀 넓혀야 하지 않겠냐는 생각이 들죠. 사회적인 문제는 뭐고, 인간 존재 자체의 문제는 뭐냐 그런 것처럼 말예요. 그런데 어떤 한쪽으로 계속 쏠려버리는 게, 저도 사계절 문학상 심사를 해보면 『봄바람』이나 『나는 아름답다』 아류가 많이 들어와요.(웃음) 그런데 저는 그런 작품엔 눈길이 잘 안 가요. 나하고 닮은 놈은 뽑기 힘들거든요.

이경혜 그렇겠네요.

박상률 신인들은 좀 다양하게 치고 나가는 것이 있어야 하지 않겠는가 하는 생각이 들거든요. 『봄바람』은 『봄바람』 하나만 있으면 되는 건데, 다들 이걸 모델로 해서 이렇게 쓰면 뽑아주겠구나, 이러는 거 같아요.

최윤정 그러니까 이런 거 같아요. 문학을 한다고 하는 사람들이 자기를 던져서 정말 치열하게 문학을 하는 것이 아닌 거예요. 아동문학 이쪽은 또 상이 너무 많고 그런 것들로 이제 고시처럼 되는 경향도 있는 것 같아요.(웃음) 그래서 이게 어느 고시를 볼 것인가? 심사위원의 성향이 어떤가를 잘 분석해서 그 시험에 자기를 맞추려고 하는데 그런 건 문학하는 사람으로서 바람직한 태도가 아닌 거죠.

이경혜 그건 아동문학 아니라 어떤 장르든지 마찬가진 것 같아요.

최윤정 네, 그래도 아동문학이 특히 심한 것 같아요. 그리고 우리 아동·청소년문학은 유난히 관념적인 거 같아요. 문학이라는 게 어떤 주제도 삶의 구체적인, 어떤 감각으로 오는 것들로부터 시작을 해야 되잖아요. 그런데 청소년의 삶은 우리의 삶하고 너무 다른 거고 우리에겐 더 이상 문제가 아닌 것이 아이들에게는 문제가 되는 것들이 많죠. 예를 들어 입시만 해도 그래요. 우리는 수능 시험 보는 날은 그것이 국가 대사가 되는 나라인데도 입시에 대한 청소년소설은 하나도 없잖아요. 저는 이런 것들이 참 이상해요.

이경혜 정말 입시에 대해 쓴 청소년소설이 없나요? 그런 글을 꼭 많이 본 것만 같은데…….

최윤정 물론 작품들 속에 약하게 보이는 부분들은 있죠. 하지만 수능 강박관념 때문에 애들이 자살하는 일도 있고요, 수능 때문에 3년 동안의 삶이 애들한테 없어지잖아요. 애들이 고등학교에 가면 처음 1학년은 현재의 삶이 입시에 의해서 담보된다는 것을 받아들이지 못해요. 하지만 2, 3학년이 되면 체념하거든요. 어떻게 해서든지 이걸 지나가야 하는 거예요. 지나가는 그 과정 속에 애들은 죽음의 문제도 생각할 거구요, 미래의 문제도 생각할 거구요. 아이들은 그런 것들을 다른 곳이 아닌 자기 삶 속에서 생각한다는 거죠. 그건 우리 어른들이 날마다 접하지 않는 걔들만의 어떤 감성과 날마다 보는 문제 같은 거예요. 입시라는 건 어쩌면 큰 문제고 그보다 거기서 파생되는 작은 문제들이 많이 있을 텐데 작가들이 그런 것들을 열심히 들여다보지 않는다는 생각이 들어요. 어떤 근본적인 거, 본질적인 거 이런 걸 많이 하려고 하는데 결국 표피적인 부분에서부터 시작해서 본질로 들어가야 되는데 거꾸로 풀고 있지 않나 하는 거예요.

박상률 그러네요. 청소년문학의 너비와 깊이가 워낙 좁고 얕다 보니깐 이거고 저거고 말할 건더기가 없기도 해요.

이경혜 요즘 출판사마다 청소년 물들을 많이 내놓고 있긴 한데 번역물이 대부분이더군요.

박상률 그렇죠. 청소년을 처음부터 독자로 상정해서 작품을 쓴 작가는 여기 모이신 분들에 한두 사람 더 넣을 수 있을 정도입니다. 사실 어느 작가든 한 권은 쓸 수 있겠죠. 자신의 청소년 시기 가운데 가장 절실했던 문제를 쓰면 되니까요. 그런데 그 이상으로 애정을 가지고 지평을 넓혀야 되겠다, 하는 사람은 별로 없어요. 저도 10년 가까이 혼자 고군분투했죠. 그러다가 주변의 작가들, 뭐 예를 들면 김남일, 한창훈, 김종광, 공선옥, 김지우 심지어 나이 드신 이경자 선생님한테까지도 쓰라고 강요했죠.(웃으며) 왜냐, 그분들이 입때껏 썼던 작품들을 보면 충분히 청소년이 공감할 수 있는 소설도 쓸 수 있다고 여겼기 때문이었어요. 모두들 처음에는 미적미적, 혹은 문체 같은 것이 안 맞으면 어떡하지 하고 그래요. 그래서 제가 이제 좀 이걸 속된 말로 해서 '꼬드겼죠'. 이게 일반소설보다 더 잘 팔릴 것이다 하고.(웃음) 실제로 그렇잖아요. 고학년 동화보다도 더 잘 팔리고.

최윤정 네, 그건 작품에 따라서.(웃음)

박상률 그래요, 너무 없으니깐 비판을 하자니 할 것도 없고, 소개를 하자니 그렇게 할 것도 없고 그렇죠.

이경혜 수요는 생겨났는데 작품이 없지요.

최윤정 제가 청소년 추천도서 목록을 봤는데요. 그러니까 저는 밤낮 주장하는 게 인생에서 중요한 건 노는 일이라는 거예요. 그런데 청소년들은 공부에 목을 매잖아요. 저는 문학은 절대 공부하는 거 아니라고 생각하거든요. 애들을 잘 놀게 해줘야죠. 잘 놀게 해주려면 문학작품 속에서 정말 질 높게 볼 수 있는 것들이 있어야 되는데 추천도서 목록을 보면 다 대안 교과서예요. 말하자면 교과서가 그러니깐 이런 걸로 공부해라 해서 맨 공부하는 책밖에 없어요. 또 제가 이걸 준비하면서 청소년 작품에 뭐가 더 있나 알아보려고 서점에 나가봤는데, 진열대에 가도 어떻게 찾아볼 수가 없도록 되어 있는 거예요. 예전에는 1318이나 우리문고 뭐 이런 식으로라도 볼 수 있었는데 그것도 없고. 그래서 직원에게 물어봤어요. '무슨 마음으로 이렇게 해놨느냐. 정말 나처럼 이런 목적으로 와서 책을 보려고 하면 어떤 방식으로 책을 찾아봐야 볼 수가 있겠느냐' 하고요. 그랬더니 북마스터 말이 일단 수요면에서 청소년문학을 청소년들이 와서 찾아보지 않는다는 거예요. 그런 것도 모호한데다 청소년문학 코너는 있는데 세계문학이라든지 고전이라든지 해서 논술을 위해 읽어야 할 그런 필독서만 잔뜩 있는 거예요. 그러니깐 애들이 정말 불쌍하다는 생각이 들고 책을 싫어할 수밖에 없을 것 같더라고요. 이렇게 책이라는 게 다 공부해야 되는 거니 말예요. 학교에서도 내내 공부하는 얘기일 텐데.

박상률 그렇죠. 고등학교 문학 교과서에 언급된 작품들은 맨 「감자」, 「배따라기」, 「등신불」 등인데 물론 그런 것들도 중요하죠. 하지만 시대가 좀 바뀌면 그 목록도 바뀌어야 되는데 똑같단 말이죠. 결국 애들을 30년, 40년 똑같은 감수성에다가 가둬놓는 것이 아닌가? 이런 거죠.

최윤정 저는 그런 것들은 공부하는 것으로 생각하고 학교에서 보면 된다고 생각해요. 그런데 김영하, 박민규 소설 읽는 어른들한테 김동인, 이광수 이런 거 읽고 세계문학전집 읽어라 안 하잖아요. 아이들도 어른들처럼 일정 부분 새로운 소설이 필요한 거 같아요. 아이들이 자기 시대를 살고 자기네처럼 생각하는 주인공을 만나면 열광하잖아요. 성장하는 몸이 늘 영양분을 필요로 하듯이 성장하는 정신도 그때그때 편하게 호흡할 수 있는 무엇을 필요로 하는 건데, 아이들한테는 그렇게 고전만 읽으라 하고 현실과는 아주 동떨어진 문학만을 권하는 게 말이 안 되는 이야기죠.

박상률 잘 놀아야 된다는 그 말씀, 참 공감되는데요, 잘 노는 것이 직접 몸으로 부딪쳐 노는 것도 있지만 책 같은 걸 통해 남이 노는 걸 간접으로 체험하는 것, 그것도 중요하잖아요.

최윤정 네. 그렇게 논다는 것이 다양해야 되는데 그 말이 아주 부정적으로 쓰여서 논다고 하면 주로 '노는 애' 이렇게 되는 거예요. 꼭 일탈 행위만이 노는 거는 아니거든요. 문화적으로 얼마든지 다양한 체험을 해주면 그것 자체가 노는 거고 문학의 근본정신이 유희성과 닿아 있는 건데 논다고 하면 공부하고 반대말이 되는 인식이 잘못된 것 같아요. 노는 것에서 공부로 거꾸로 갈 수도 있는 거거든요.

박정애 그럼요. 이제는 잘 놀아야 성공도 해요.(웃음)

최윤정 그렇죠. 그런데 잘 논다고 하면 뭔가 애들이 튀고 남이 안하는 짓을 하는 애. 이런 식으로 생각하는 것 같은데 전혀 그렇지 않고 가만히 앉아서 생각만 하는 애들도 잘 놀 수 있는 거잖아요.

노는 방법이 그렇게 다양하다는 것 자체가 먹혀들어가야 청소년 문학도 바뀌는 것 같거든요.

박정애 저도 공부를 나름대로 잘했지만, 초등학교 때부터 소설책을 엄청 읽었어요. 뭐 에로물도 좀 읽고, 그러니까 수업 시간에도 선생님 말씀 안 듣고 책상 서랍 속에 소설책 넣어놓고 읽고, 말하자면 소설책을 가지고 놀았어요. 중학교 때까지도 그랬는데, 고등학교 때는 공부를 해야 되겠다 싶어 공부를 시작했거든요. 그런데 소설책을 많이 읽었던 것이 밑받침이 되었어요. 그러니까 이제 공부 좀 잘해야 되겠다, 결심을 하니깐 잘하게 된 것이, 그동안 많이 읽었던 거, 엄청나게 읽어제꼈던 그 책들이 저력이 되어준 덕분이라는 거죠. 그리고 제가 대학교 졸업반 때 언론고시 준비하면서도 날마다 소설책 한 권을 꼭 읽어야 했어요. 그게 워낙에 버릇이 되니까, 안 읽으면 뭐 이상한 거 같고 그랬죠. 저의 노는 방법이 바로 소설책 읽는 거였어요. 그런데 그게 지금 직업이 되니깐 이제 조금⋯⋯.

박상률 직업이 되면 오히려 그렇게 못 하게 되죠.(웃음)

박정애 네. 맞아요. 그런데 잘 놀면 그게 또 자기 업(業)이 되어서 그걸로 먹고살게도 되고 그런 것 같더라고요.

최윤정 저는 잘 못 놀아요. 놀 줄도 모르고. 그런데 저는 못 노는 거야말로 인간의 최대 약점이라는 생각이 들거든요. 인간이라는 존재는 어떤 주름살이 많이 있는데 잘 놀면 그 주름살이 쭉쭉 펴지는 것 같아요. 그런 것들이 펴져야 인간이 제대로 성장하는 것 같은데 그렇게 교육받지 않고 커서 스무 살 되기 전까지 놀아본 적도 없고 그러다 스무 살이 되면 과격하게 일탈행위를 하죠. 그러니깐 그 나이에 맞는 작은 일탈 행위를 많이 해봐야 나중에 큰 사고를 안 치는 것 같아요.

박상률 맞아요. 그런 것들이 예방주사 구실을 하는 거죠. 면역력을 쌓듯이.

최윤정 네, 그런 것들이 없으면 어느 날 완전히 재생 불가능 하게 될 수도 있고요.

박상률 그럼 이쯤에서 얘기를 마무리를 하죠. 이런 자리에선 꼭 앞으로의 계획을 얘기하잖아요. 선생님들 작품집이 곧 나온다고 그러셨는데, 박정애 선생님 어떠세요? 『환절기』한 작품 써보시니깐 이쪽에 쓸 얘기가 아직 많이 있는 거죠? 계속하실 의향도 있으시고, 지금 어떤 작품을 구상중이신지?

박정애 제가 지금 당장 쓰고 있는 건 일반소설이에요. 그 다음으로 청소년소설을 하나 써보고 싶은 게 있어요. 지금 준비하고 있는 게 역사소설이어서 역사 쪽으로 공부를 열심히 하고 있는데, 그러다 보니까 십 대에 너무 과중한 공부와 의무에 찌들고 당쟁에 휘둘리는 세자의 모습이 요즘 입시에 찌들어 사는 청소년과 같다는 문제의식을 가지게 됐어요. 요즘 아이들이야 뭐 자기 집에서는 하나같이 왕자나 공주잖아요? 그래서 조선 시대 왕실을 배경으로 요즘 청소년들이 자기 동일시를 할 수 있는 작품을 써보고 싶어요.

박상률 재미있을 것 같네요. 왕자나 공주도 나름대로 고민이 있었을 거예요.

박정애 맞아요. 고민 엄청 많아요. 새벽부터 밤까지 공부 스케줄이 빡빡하게 잡혀 있어요. 도대체 놀 시간이 없는 거예요. 십 대의 세자는 말 타고 놀고 싶고 궁궐 바깥도 구경하고 싶은데 말이에요. 과중한 학업과 시험, 또 어른들 속에서 휘둘리고 고민하며 성장하는 십 대의 세자를 보여주고 싶어요. 일단 소설을 읽으면 재미가 있어야 하잖아요. 소설 읽는 게 놀이가 될 수 있어야 하는데, 요즘 청소년들이 수능에 시달리는 자기 얘기를 그대로 읽으면 오히려 힘들어할 수도 있어요. 이야기가 뻔할 수도 있고. 그래서 좀 색다른 방식으로 얘기를 풀어보려고요.

박상률 선생님은 본인 말씀이 공부를 잘했다니까, 입시 고민 별로 안 하셨을 것 같은데 어쨌든 선생님 말씀처럼 지금 당장의 입시 얘기를 쓴다면 더 공감 못 할 수도 있을 것 같네요. 그럼 이제 이경혜 선생님은 요새 어떤 꿍꿍이속이 있으신지?

이경혜 저는 지금 저학년 동화로 공룡 이야기를 하나 쓰려고 하고 있고요. 음악을 좋아하는 공룡 이야기예요. 오래 전부터 쓰고 싶었던 건데, 계속 미뤄졌어요. 그리고 청소년소설 쓰는 건 여전히 힘들게 느껴지긴 하지만 그래도 쓰고 싶은 얘기 중에는 다양한 여고생들의 그룹 얘기가 하나 있어요. 딸아이한테 친한 친구들이 있는데 그 친구들이 참 다양하고 특이해요. 대학 간 애는 애 하나고 나머지는 여러 가지 다양한 일들을 하고 있거든요. 물론 사실대로 쓸 생각은 전혀 없어요. 단지 그런 비슷한 분위기의 여자애들 그룹 얘기를 하고 싶은 건데, 아직은 못 쓰겠어요. 언젠가

이 모델들에게서 자유로워지면 전혀 다른 인물들로 그 얘기를 쓸 수 있지도 않을까, 생각해요. 한참 시간이 지나야 하겠지만요. 고등학생이라고 하면 우리는 보통 대학입시에 찌든 애들 아니면 아예 노는 애들 이렇게만 생각하잖아요. 하지만 실제로는 그보다 훨씬 다양한 스펙트럼의 아이들이 여러 고민을 하며 살아가고 있지요. 그것도 성장기에 놓인 여자들과 그 우정, 이건 아주 매력적이고도 미묘한 주제라 꼭 다루고 싶긴 해요. 물론 박상률 선생님은 조금 이해하기 힘드시겠지만.(웃음)

박상률 이해합니다. 남자들도 미묘해요.(웃음) 사실 우리 고등학교 때는 지금 아이들처럼 공부를 그렇게 죽을 둥 살 둥 안 해도 됐어요. 그래서 우리 때하고 많이 다르긴 하지만 저는 그 입시 중압감 때문에 학교 자퇴한 애의 얘기, 그러니깐 『나는 아름답다』후속편이랄까? 학교를 나온 애가 어떻게 견디는가? 하는 그런 얘기를 지금 하나 쓰고 있어요. 또 하나는 저는 광주 5·18을 직접 겪어서, 한자로 빛 광자만 봐도 그냥……. 그래서 5·18에 대해 거의 글을 못 쓰고 있었는데, 이제 세월이 한참 흘러서 지금 5·18 얘기를 쓰고 있고, 그렇게 두 개를 잡고 있습니다.

어찌 보면 글을 쓰는 걸 직업으로 택했다는 게 운명인 거 같기도 하고. 처음부터 뭐 이걸 해서 어쩌겠다, 이런 생각들은 없었잖아요. 어떻게 하다 보니깐 이제 다른 것은 자꾸 떨어져 나가고 이것만 남더라는 거죠. 그러니까 죽기 살기로 열심히 써야 되겠지만, 어떻게 그 타성에 젖지 않으려고 애를 많이 씁니다. 그래서 이제 주변에 능력 있는 작가들이나 이런 사람들에게 자꾸 자극을 받으려고 그 사람들한테도 좀 쓰라고 그러는데 아직도 성과가 별로 없네요. 이런 좌담회를 하면 나중에 정리한 글 좀 읽고서 의욕이 넘치는 신인급들이 대거 몰려와서 아! 청소년문학이 이런 게 좋구나 하면 좋겠는데. 글쎄요, 몰려올지 오히려 얘기 듣고 도망갈지 그건 모르겠네요. 오늘 주말인데도 마다하지 않으시고 이렇게 오셔서 많은 이야기를 해주셔서 고맙습니다. 틈을 보아 청소년소설에 이어 청소년 시, 혹은 청소년들이 읽는 시에 대해서도 이야기를 해보고 싶었는데, 그건 다음 기회로 미루고 오늘은 이만 마치겠습니다.

― 〈어린이와 문학〉 2006년 1월호

이룰 수 없는 꿈이
끝내 세상을 움직이더라

에스파냐의 소설가 세르반테스가 지은 풍자소설 『돈키호테』. 소설 속에서 돈키호테는 누가 봐도 '이뤄지지 않는 사랑을 하고, 참기 힘든 아픔을 견디고, 질 수밖에 없는 싸움을 하고, 이룰 수 없는 꿈을 꾼다'. '돈키호테 같은 놈'이라 하면 좌충우돌과 무모함을 비아냥대는 말이다. 그러나 이런 입체적인 인물 묘사로 인해 『돈키호테』를 근대소설의 효시라고 일컫는다.

아르헨티나 출신의 쿠바 게릴라 혁명가 체 게바라는 '우리 모두 리얼리스트가 되자. 그러나 가슴 속에 항상 불가능한 꿈을 꾸자'라고 했다……. 이른바 '꿈꾸는 리얼리스트'였다.

요즘 돌아가는 것을 보면 어느 것 하나 가능해보이지 않는다. 그러나 꿈은 이룰 수 없이 불가능해 보이기에 꿈이다. 일제 강압 시대에 나라를 찾으려고 독립운동을 한 것도 꿈이고, 유신독재시대에 민주 시대를 열자고 민주화 운동을 한 것도 꿈이었다. 다 이룰 수 없어 보이거나 불가능해 보였다. 가수 이용은 오래 전 〈잊혀진 계절〉이라는 노래에서 '이룰 수 없는 꿈은 슬퍼요/ 나를 울려요'라고 노래했지만, 그 노랫말에 붙들리지 말 일이다. 그 노래는 다른 유행가요와 마찬가지로 개인 간의 사랑과 이별을 그렇게 노래했을 뿐이니까.

'세월호' 진상 규명을 요구하는 것이나 통일, 친일파 척결 같은 게 어쩌면 꿈 같은 일인지 모른다. 하지만 이룰 수 없는 꿈을 꾸고, 불가능한 꿈을 꾸자! 예나 지금이나 사람은 자기 깜냥만큼 꿈을 꾸어야 하는 존재이다. 많은 사람이 꾸는 꿈이 결국은 세상을 바꾸기에…….

— 청소년문화웹진 〈킥킥〉 2015년 9월

제4부

청소년문학 하면서
같이 하는 생각

명량해협과 맹골수도와 세월호

영화 〈명량〉을 보지 못했다. 입에 '바쁘고도 바쁜지고!'를 달고 사는 형편이라, 영화 한 편 볼 짬이 나지 않는다.

영화를 본 사람들은 잘되었다는 이도 있고, 혹평하는 이도 있다. 기대를 갖지 않고 보면 그런대로 볼 만한데, 기대를 갖고 보면 실망이란다. 기왕 보려면 대형 영사막으로 보는 게 그나마 낫다고 하는 이도 있다. 어쨌든 내가 한 달에 한 번 정도씩 건너는 고향 진도의 진도대교가 있는 바다를 배경으로 했고, 어렸을 때부터 귀에 못이 박일 정도로 들은, 이순신과 울돌목 이야기라 보고 싶긴 하다. 하지만 어쩌면 영영 이 영화를 못 보고 말지도 모른다는 불길한(?) 예감이 드는 것도 사실…….

명량(鳴梁)은 울돌목(울두목)의 한자식 표기이다. 울돌목은 진도대교 부근의 좁은 해로를 이르고. 해남 땅과 진도 땅 사이의 좁은 바닷길(물살이 세서 진도대교는 쇠밧줄로 다리를 매달아야 하는 사장교 공법으로 만들었다. 전라도에서 가장 긴 다리라 하지만, 내 기억으로 진도대교의 길이는 '대교'라 하기엔 좀 짧은 듯한 484미터로 서울 한강 다리의 절반 길이도 안 된다)이라 물살이 세다. 조류가 거세 바닷물의 회오리치는 소리가 대들보가 우는 것처럼 크게 난다. 거기에 빠졌다간 시신도 찾지 못한다.

그런 바닷길이기에 그 지형의 특색을 모르고선 감히 그 바다를 건너지 못한다. 이순신이 일본군을 무찌를 수 있었던 것도 현지 주민들이 바닷길을 잘 알았기에 가능했다. 하여튼 울돌목은 진도에서 물살 세기가 첫째이다!

맹골수도(孟骨水道)는 맹골도와 거차도 사이의 바닷길로 진도에서 두 번째로 물살이 센 곳이다. 그래서 현지 어부들도 그 바닷길로는 여간해선 어선을 몰지 않는단다. 세월호가 가라앉은 곳이 바로 그곳이다. 4, 50년 전 선친이 거차도의 한 부분인 동거차도의 한 학교에 근무하실 때 물살이 거세거나 날이 궂으면 배가 다니지 않아 집에는 방학 때나 겨우 다녀가시거나 그나마 못 다녀가시곤 했다. 허리를 다쳤을 때도 뭍 병원에 갈 방법이 없어 꼼짝 못하고 속수무책으로 1주일 이상 누워 있기만 하셨다.

근데 세월호가 왜 하필 거기에 가라앉았을까? 바다 지형을 알면 세월호는 절대 그리 항해하지 않았을 것이다. 이순신이 명량 해전에서 일본에게 이길 수 있었던 것도 명량이 해협으로 좁은 바닷길이라는 특성을 알았기 때문이다.

들리는 말에 따르면 영화 〈명량〉은 역사적 사실보다는 이순신의 고뇌에 찬 인간적인 '리더십'을 중요하게 여긴 영화란다. 세월호를 가라앉힌(구조할 자리에 있는 이들 아무도 구조를 하지 않았기에 이렇게 말할 수밖에!) 그들은 '인간적인 고뇌'를 절대로 하지 않았나 보다. 그렇다면 그들은 당연히 인간이 아닌 걸까?

— 청소년문화웹진 〈킥킥〉 2014년 9월

공부 선수만 원하는 사회,
'십 대, 안녕' 아님 '십 대 안녕!'

중동호흡기증후군, 즉 메르스 뒤에 황 머시기 총리 후보자 청문회가 숨고, 메르스 뒤에 세월호를 숨기고, 메르스 뒤에 신 머시기 작가의 표절 사태가 나타난 요 며칠 사이…… 대한민국 국민 노릇하기가 참 힘들구나 생각하는데, 내가 추천사를 쓴 『십대, 안녕』이라는 책이 나왔다. 추천사 제목이 '학생 노릇 참 힘들다!'인데, 어른들이 국민 노릇하기 힘든 만큼 청소년들은 학생 노릇 하기가 힘들다는 생각에서 그렇게 달았다.

'십 대, 안녕' 뒤에 물음표(?)를 붙이면 '십 대, 안녕?'이 되어 십 대가 무탈한지를 묻는 '걱정 어린' 안부 인사가 된다. 그런데 '십 대, 안녕' 뒤에 느낌표(!)를 붙이면 '십 대, 안녕!'이 되어 십 대가 가는 것을 아쉬워하는 '한숨 어린' 체념 인사가 된다. 십 대는 '?'와 '!' 사이에 있다는 게 내 생각. 그래서 책 제목에 아무런 부호를 붙이지 않은 듯…….

『십대, 안녕』은 청소년들이 〈글틴〉에 올린 글 가운데에서 가려 뽑아 책으로 엮은 것. 〈글틴〉은 한국문화예술위원회의 사이버 문학광장 안에 설치한 청소년 글쓰기 공간 사이트. '글틴'이라는 말을 정할 때부터 직·간접으로 관여해온 기획위원 자격으로 추천사를 썼는데, 열아홉 명의 청소년들이 쓴 글을 보면서 대한민국의 어른 노릇도 힘들지만 청소년 노릇 하기도 녹록하지 않다는 사실을 새삼 확인했다. 특히 '내 이름이 공부인가' 하며 자조하는 아이들을 보자니 그런 생각이 더 든다.

공부 선수만을 원하는 사회, 근데 공부 선수였던 어른들이 이끄는 대한민국은 시방 침몰 직전이다. 나라가 유지되는 게 신통방통할 지경이다. 왜 그럴까? 왜? 왜? 왜? 나는 시방 '고게 무쟈게' 궁금하다. '다 암시롱?' 아니, 나도 어른이니까 '아몰랑!' 할까 보다…….

— 청소년문화웹진 〈킥킥〉 2015년 6월

경계에서 꽃 피고
불 켜지는 걸 왜 모를까?

'지나친 것은 모자란 것보다 못하다(과유불급, 過猶不及)'는 말과, '지나친 예의는 오히려 예의가 아니다(과공비례, 過恭非禮)'라는 말이 있다. 그럼 적당히 하면 되는 것일까? 그렇다면 적당히는 어느 정도를 이르는 걸까? 적당히가 중립이고 중용일까?

2014년 여름, 한반도 남쪽을 뜨겁게 달궜던 프란치스코 교황은 세월호 수장 사건과 관련하여 고통 앞에서 중립을 지키기 어렵다고 얘기했다. 그 말은 기계적 중립을 지키기보단 자신의 양심과 자신의 신앙을 바탕으로 하여 힘없는, 고통받는 편을 들어주어야 한다는 얘기일 터이다.

그런데 지금 힘 있는 모리배들은 기계적 중립도 안 지킨다. 최소한의 기계적 중립이라도 지켜야 『모든 경계에는 꽃이 핀다』는 함민복 시인의 시집 제목처럼 꽃이 피어날 텐데 말이다.

흔히 진보와 보수로 나누지만, 이 땅에서 진보와 보수의 뜻은 개념과 무개념, 혹은 상식과 몰상식의 다른 지칭이 된 지 오래이다. 사실, 진보든 보수든 다 좋은 것이다. 얼핏 보면 상극인 것 같지만 둘이 만나야 꽃이 핀다. 전기의 음극과 양극을 보면 알 수 있다. 음극과 양극은 상극이지만 둘이 붙으면 불이 켜진다!

내 논(밭)과 남의 논(밭)을 가르는 논두렁(밭두렁). 내 집과 남의 집을 가르는 담장. 나라와 나라를 가르는 국경. 논두렁, 담장, 국경이 뭘까? 왜 있을까? 둘로 갈라진 것 같지만 사실 모든 '소통'과 '문화'와 '교역'은 그러한 데서 이루어진다.

경계……. 문학 역시 경계에서 불을 켜는 것이다. 근데 경계 넘어 너무 가버린다. 경계를 넘어 멀리 가버리면 되레 지루한 이야기가 된다. 경계에서 꽃 피울 때까지 그리는 게 문학일 터. 경계를 넘어서는 건 도인이거나 바보라는 생각이 든다. 경계 너머 멀리 가버리는 게 문학뿐이랴만…….

선을 못 지키면 '탈선(脫線)'이고, 지나치면 '도(度)를 넘는다'고 표현한다. 탈선하고 도를 못 지키는 이들이 너무 많은 세상이다. 그런데 그 말을 들어야 마땅한 자들이 되레 그런 말을 하고 있는 세상이다. 이런 때 쓰는 말로 도둑이 되레 매 든다는 말로 '적반하장(賊反荷杖)도 유분수(有分數)지'라는 게 있다…….

― 청소년문화웹진 〈킥킥〉 2014년 10월

국화꽃이 거울 앞에 선
누님 같은 꽃이라고?

요즘 여기저기서 국화 축제를 한다. 바야흐로 국화철인 것이다. 오래 전 문학 관련인들과 비문학인들을 대상으로 어느 기관에서 설문조사를 했더니 김소월의 시 「진달래꽃」, 한용운의 시 「님의 침묵」, 서정주의 시 「국화 옆에서」를 좋아한다는 결과가 나온 바 있다. 서정주의 「국화 옆에서」가 당당히 국민 애송시에 들어간 것이다.

　未堂인지 未堂인지 하는 호를 쓴 서정주. 한편에선 미당문학상을 제정하여 그의 문학을 기리고자 하고(기려왔고), 한편에선 친일파를 추켜세울 게 뭐 있느냐며 외면하고⋯⋯. 지지자들은 그의 전집(대표적인 친일 시는 빼고!)을 간행하고 그를 시인부락의 족장으로 모시지만, 비판자들은 그의 친일 전력과 독재자들에게 아부한 전력을 들어 거세게 비판해왔다.

어쩌면 서정주가 육당 최남선(1890년 출생)이나 춘원 이광수(1892년 출생)보다 더 나쁜지도 모른다. 최남선과 이광수는 19세기 태생으로 한일 강제 병탄 이후엔 일본이 회유할 만한 대상으로 여길 나이에 이르렀는지도 모른다…….

그런데 서정주는 1915년, 즉 20세기에 태어나 일제 강점기엔 아직 어렸기 때문에 회유의 대상이 아니었을 것이다. 그래서 자발적으로 더 친일을 했는지도 모른다. 회유당하고 싶어서! 일본이 100년이나 200년은 갈 줄 알았다나 어쨌다나. 그래서 순일을 했다나 어쨌다나. 그는 해방이 되었을 땐 겨우 서른한 살밖에 안 되었다. 그는 새로운 '충성' 대상자를 찾았다. 이승만에 이어 전두환에 이르기까지 독재자를 찬양하고 호의호식하다가 생을 마쳤다.

그를 옹호하는 이들은 그의 의식 결여를 되레 좋게 보며 삶과 문학을 분리해서 보자고 한다. 시를 잘 쓰지 않았냐며……. 근데 그의 「국화 옆에서」를 접할 때마다 나는 전율한다. 아무리 봐도 친일시로 보이기 때문이다.

국화는 일본 왕실의 문장이다. 그렇기에, 일본 사람들 여권에
도 국화 문장이 찍혀 있단다. 거울은 뭔가? 일본에서 거울은 태
양신이 자신의 혼을 담아 내린 신기로운 물건으로 취급된다. 태
양을 상징하기에. 일제 강점기 때 조선 신궁에도 거울이 있었다
지⋯⋯. 그런데도 시에 나오는 '노오란 네 꽃잎(황국)'이나 '거울'
이 상징하는 바에 대해 대다수 문학연구가들이 침묵하는 이유를
모르겠다.

예전에 일본을 알고자 하는 이들이 많이 읽은 루스 베네딕트의
『국화와 칼』. 제목부터 일본의 상징물을 내세운 걸 보면 그 의도
가 심상치 않다.

— 청소년문화웹진 〈킥킥〉 2017년 11월

마광수 교수는
말해야 하는 것을 말했을까?

나는 문학은 '말해야 하는 것을 말한다'고 생각한다. 우스갯소리 같지만 종교는 알 수 없는 것만 말하고, 철학은 뻔한 것만 이야기하고, 과학은 확실하다고 여겨지는 것만 말하고, 역사는 기록된 것만 이야기하는 것에 비하면 문학이 훨씬 더 부담(?)이 더 크다.

얼마 전 마광수 교수가 스스로 생을 마쳤다. 톨스토이가 어떤 소설에서 묘사한 말투대로 하자면 그는 삶을 끝낸 게 아니라, 죽음을 끝냈는지도 모른다. 그래서 그러는지 그가 스스로 목숨을 끊고 나자 여기저기서 그를 선각자니 시대를 앞선 천재니 하면서 추앙하는 분위기이다. 일단 그의 죽음에 애도를 표한다. 얼마나

외로움이 깊었으면 스스로 목숨을 끊었을까…….

뭐니 뭐니 해도 내 보기에 그의 가장 큰 업적은 '윤동주 연구'이다. 지금 윤동주에 대한 각종 담론의 시작은 그에게서 비롯되었다고 본다. (그래서 나는 그의 직함으론 교수가 가장 어울리지 시인이나 소설가가 아니라고 생각한다.) 그의 독특한 성적 취향을 드러낸 게 결코 그의 업적이 아니다. 하지만 많은 사람들이 그의 소설『즐거운 사라』와 시집『가자, 장미여관』을 들먹이며 그의 성적 취향이 그 당시에 이해를 못 받아 핍박받고 감옥을 가며 대학에서도 쫓겨나고 이게 우울증으로 깊어졌다고 한다. 그래서 더욱 추앙하는 분위기이다.

물론 그는 사회의 이중적인 태도를 까발렸지만, 검찰이나, 대학, 정치권, 언론 등에서 철저히 그를 희생양으로 삼았다. 그를 옭아맴으로써 자신들의 치부를 교묘히 감추려고 한 종자들이 많았기에!

하지만 그렇다고 해서 그가 문학의 이름으로 행한 것들이 지금 떠받들여져야 하는가는 좀 '글쎄올시다'이다. 내 기억이 맞다면 그가 소설『즐거운 사라』로 옥고를 치른 때가 1992년이다. 이때는 어떤 때인가? 바로 한 해 전 명지대생 강경대가 전투경찰에 맞아 숨지고, 성균관대생 김귀정이 이른바 백골단이라는 사복 체포조에 맞아 죽었다. 이때 문학의 이름으로 그는 무엇을 말했는가?

'나는 야한 여자가 좋다'는 식의 자신의 성적 취향을 까발리는 데 열을 냈다. 결코 말해야 하는 것을 말하지 않았다. 그렇다고 해서 그를 법의 이름으로 단죄할 일은 아니었지만……

'야한 여자'에 대해선 '검사영감'들이나 '국개의원나리', 학자연하는 '지식장사꾼', 언론기관에 종사하는 '지라시꾼'들이 더 잘 안다. 그는 그들의 속모습을 건들였을 뿐이다. 그러나 그에게 돌아온 건 그들이 모두 합세한 공격이었다. 이미 성적으로 풀어질 대로 풀어져 있던 시대였다. 군사 독재정권은 이른바 3S, 즉 영화, 섹스, 스포츠 등을 맘껏 즐기게 함으로써 정치에 관심을 갖지 말았으면 했다.

만약 정치 사회적으로 엄혹한 시대였던, 성적으로도 엄혹한 시대였던 1970년대에 마광수 교수의 저작물이 나왔다면 '말해야 하는 것을 말하는' 문학적 행위였을지 모른다.

나는 외설은 말할 필요가 없는 것을 말하는 것이고 예술은 말해야 하는 것을 말하는 것이라고 생각한다. 그래서 외설은 앞뒤 맥락이 없다, 꼭 그 장면이 있어야 하는 게 아니다. 그러나 예술은 앞뒤 맥락상, 정황상 꼭 그 장면이 들어가야 한다. 마 교수의 저작물을 로렌스의 『채털리 부인의 사랑』 혹은 조이스의 『율리시즈』 같은 것과 동등하게 놓고 성철학 어쩌고 저쩌고 하는 것도 '글쎄올시다'이다. 로렌스나 조이스가 말할 필요가 없는 것을 말했을

까나. 어쩌면 마광수 교수는 자신의 성적 취향을 말해야 하는 것
으로 여겼을지도 모르지만······.

— 청소년문화웹진 〈킥킥〉 2017년 12월

요즘 시대 싸움의 법칙

예전에 머리나 멱살을 잡고 드잡이를 하는 이들이 흔히 하는 말은 '너 죽고 나 죽자'였다. 그런데 지금은 '너 죽고 나 살자!'인 듯하다. 예전 사람들은 싸우다 불리하다 싶거나 상대방이 기세등등하면 머리를 들이받으며 '죽여, 죽여' 했다. 그러면 죽일 듯이 천방지축으로 날 뛰던 상대방도 어찌지 못하고 손을 탈탈 털고 싸움을 접고 만다. 일종의 '싸움의 법칙'이랄까? 옛날엔 그런 게 있었다. 네가 죽으면 나도 죽으니까, 너도 살고 나도 사는 길을 택했다. 근데 지금은 그런 게 안 통한다. 다들 죽기 살기이다. 네가 죽어야 내가 산다. 즉 너 죽고 나 살자이다!

이제 '너 죽고 나 살자'는 개인만의 문제가 아니다. 기업주와 노동자, 부자와 빈자, 정부와 시민 관계 모두가 이 관계망 속에서 작동한다. 공감, 상생, 연민, 측은지심 이런 말은 진즉 약자의 말이 되어버렸다. 강자는 그런 말을 아예 모른다. 네가 죽어야 내가 산다. 아니, 약자가 죽어야 강자가 산다는 논리가 횡행한다.

강자들은 '승자 독식'에 익숙해져 좀체 자기와 다른 걸 못 참는다. 싹쓸이에만 능하다. '너 죽고 나 죽자'라는 말에는 '네가 죽으면 나도 살 수가 없으니 같이 죽자'라는 뜻이 은연중 들어 있지만, '너 죽고 나 살자'라는 말에는 '너만 죽으면 나는 살 수 있어'라는 뜻이 묻어난다. 섬뜩하다. 이번 추석 명절도 그다지 즐겁지 않다. '너 죽고 나 살자'라는 일이 도처에서 벌어진 탓이다. 오랜만에 만난 친지들도 겉으론 웃고 있지만 속으로 다 울고 있을 것이다.

그러나 두꺼비를 잡아 먹은 뱀은 자기도 죽는다. 두꺼비의 독이 뱀 안에 퍼지고, 두꺼비는 뱀의 양분을 바탕 삼아 새끼들을 살려낸다…….

— 청소년문화웹진 《킥킥》 2015년 9월

시간이 부족해야
성과가 난다는데

비 오신다. 그동안 가물어서 얼마나 기다리던 비인고! 근데 거의 양동이로 퍼붓는 듯하다. 곳곳에 호우주의보가 내려진 모양이다. 비가 안 내릴 때는 너무 안 와서 탈, 올 때는 너무 퍼부어서 탈……. 그래도 비 오는 소리 좋다좋다 하면서 저녁 내내 글농사를 지었다.

뜬금없이, 기명(기생 이름)이 명월이었던 조선 시대의 기생 황진이가 왕실 종자였던 벽계수를 두고 부른 시조창이 입에 달라붙는다. 기가 막힌 중의적 표현. 벽계수, 명월…….

청산리 벽계수야 수이감을 자랑 마라

일도창해 하면 다시 오기 어려워라
명월이 만공산하니 쉬어간들 어떠리

'쉬어간들 어떠리'라는 말에 슬쩍 넘어가고 싶었는데, 작곡가이자 지휘자였던 레너드 번스타인이 한 말이 떠올라 쉬지도 못하고 말았다.

"성과를 내려면 두 가지가 필요하다. 계획, 그리고 충분하지 못한 시간!"

계획이야 항상 그럴싸하게 세우니까, 됐고…….

충분하지 못한 시간을 실감하며 마감에 오늘도 쫓겼다. 번스타인은 충분하지 못한 시간이 성과를 낸다고 했는데, 글쎄…….

— 청소년문화웹진 〈킥킥〉 2017년 7월

욕하면서 닮는다

군대에서 젊은이가 총기를 난사하는가 하면, 맞아 죽는 세상이다. 예전에도 군에서 죽은 이는 많았다. 하지만 그때는 군이라는 '특수'한 곳에서 일어난 일이라 좀처럼 보도가 되지 않아 잘 알 수 없어 다들 그러려니 했다. 군은 지금도 '저 홀로만 특수'해서 이번 윤 일병 사망 사건도 은폐하고 싶어 했단다. 게다가 '군사 기밀'을 들먹이며 법정 사진도 못 찍게 했다고 한다.

군대 갔다 와야 사람 된다고 말한다. 이 말대로 하면 군대 안 가는 대한민국 여자들은 예로부터 사람이 아니었다! 특히 군대 안 간, 많은 정치꾼들과 관료, 기업가들은 군대를 안 가서 사람이 안 되었던 모양이다!

그 옛날 학창시절 내내 자취하다가 군대 갈 때가 되어 훈련소에 들어갔더니, 웬걸? 때 맞춰 밥이 나오네! 이게 우선 무엇보다 좋았다. 끼니마다 먹을 것 걱정 안 해도 된다는 것만으로도 좋아한 것이다. 비록 거무튀튀하게 변질된 정부미 쌀을 찌고 그나마 지푸라기와 돌 천지인 밥에다, 시래기 썻은 듯한 국에다, 바람 든 무를 톱밥인지 고춧가루 국물인지 하는 것에 버무린 반찬이 전부였지만! 근데 며칠 지나 보니, 훈련보다 더 힘들게 하던, 인간의 존엄 같은 것 따위는 싹 무시하는, 사람 대신 짐승 되기를 강요하던 내무 생활…….

흔히 시집살이를 혹독하게 하고 있는 며느리가 자신이 시어머니 되면 시집살이 시키지 않는 좋은 시어머니가 되리라 다짐한다. 하지만 정작 시어머니 자리에 앉으면 '나 며느리 땐……' 이러면서 더 혹독한 시어머니가 된다. 군대도 마찬가지이다. 졸병 시절엔 고참 되면 이런 고참 되지 않겠다 하지만, 정작 그가 고참 되면 더 지독한 상급자가 된다. 당해봐서 더 잘 안단다. 폭력의 대물림이리라. 윤 일병을 죽인 고참들도 졸병 땐 가혹행위를 당하며 지냈다 한다. 그들 역시 폭력의 고리를 끊지 못하고, 마침내 더한 괴물 내지는 악마로 변한 듯하다. 그들은 군대가 사람 만드는 곳이 아니라 짐승, 아니 괴물이나 악마를 만드는 곳임을 입증하였다.

무고한 사람들을 마구 죽이고 있는 이스라엘 군도 마찬가지. 나치에게 당하던 자신들의 처지는 벌써 잊어먹고 남을 괴롭힌다. 욕하면서 닮는다더니, 딱 그 짝이다…….

— 청소년문화웹진 〈킥킥〉 2014년 8월

저자만 '자기계발'되는
자기계발서

사기꾼이 있으면 사기 피해자가 있다. 일반적으로 사기꾼이라 하면 얼굴도 험상궂고 힘도 아주 센 사람으로 여긴다. 반면 사기 피해자는 대부분 순진한 사람으로 여기기 마련이다. 그런데 도처에 횡행하는 험상궂고 힘 센 괴물만이 사기를 치는 게 아니다. 이른바 '자기계발서'라는 책을 쓴 이들도 본의 아니게(어쩌면 본의일지도……) 사기를 친다.

얼마 전 어떤 자리에서 책읽기 강연을 하면서 열심히 소설에 대해 얘기했는데, 고등학생도 아니고 중학생이 '인생에서 성공을 하려면 자기계발서만 읽으면 되지 소설 같은 쓸데없는 책을 왜 읽어야 하느냐?'라고 질책했다. 일단 중학생이라는 어린 학생이 '인생'을 들먹이는 것도 그렇고 나아가 '성공'까지 언급하는 데 놀랐다. 이어 소설 같은 '쓸데없는' 책을 들먹이며 자기계발서만 보면 된다고 하는 말을 듣고는 더욱 놀랐다. 졸지에 소설이 쓸데 없는 책이 되고 말았다!

우리 또래가 중·고등학교 다닐 때 유행했던 자기계발서는 노먼 빈센트 필 목사의 신비적 자기계발서인 『적극적 사고방식』이라는 책이었다. 미국에서만도 몇 천만 부 팔릴 정도로 유명한 책이어서 그때 아무것도 모르고 그 책을 주먹 좀 써서 늘 '징계'를 당하는 친구한테 선물하기도 했다. 근데 그 책을 읽은 친구는 적극적으로 변하지 않았다……

자기계발서를 꼭 읽고 싶으면, 『불경』, 『성경』 정도만 읽으면 그만이라는 생각이 든다. 그런데 『불경』과 『성경』이 너무 방대해서 읽기가 '거시기' 하다면 안 읽어도 사는 데에 아무 지장 없으니 읽지 않아도 된다. 하여튼 시중에 나도는 자기계발서에 중독은 되지 말 일이다. 자기계발서에 중독되면 모르긴 몰라도 반년마다 새로 나온 자기계발서를 읽게 된다. 불경이나 성경은 익히 알다시피 불교와 기독교의 경전이다. 그러기에 더더욱 자기계발은 물론 자기 수양서라 할 만하다. 웬만한 자기계발서 대부분 불경이나 성경에 뿌리를 두고 있는 까닭이 뭘까? 요즘은 종교도 부족해 심리학에서까지 논리를 끌어온다.

자기계발서는 모두 성공을 말한다. 책에서 쓴 대로만 하면 금세 성공할 것 같다. 하지만 그런 책을 읽고 성공한 사람은 한 명도 없다. 아니, 한 명은 있다. 누구? 저자! 지은이는 자기계발서만 읽는 독자들 때문에 성공한다! 그러니 그런 책보다는 아예 그 밑바탕이 되는, 각종 자기계발서가 자양분을 공급받는 책을 읽어버리자. 불경과 성경이 자기계발서의 원조(?)이다.

나는 '나쁜 책은 없다'고 생각한다. 그러나 책을 읽고 나서 그 책에 대해 자기 머리로 판단을 할 때 그렇다는 생각이다. 그런 차원에서 보면 자기계발서도 나쁜 책은 아니다. 하지만 그런 책에 중독된 줄도 모르고 다른 책을 읽지도 않고 오로지 자기계발서만 읽어서는 절대로 자기계발이 되지 않는다. 오죽하면 자기계발서의 폐해를 연구한 책의 이름이 『거대한 사기극』(이원석, 북바이북)일까? 자기계발서만 읽는 독자가 되어, 사기 피해자가 되어 본의 아니게 자기계발서의 지은이들을 사기꾼으로 만들지 말 일이다!

— 청소년문화웹진 〈킥킥〉 2014년 4월

작가의 말

지금이야 청소년문학이 많이 활성화되어 창작자는 물론 독자도 제법 많이 있다. 그러나 20여 년 전, 필자가 청소년문학을 처음 시작할 때 창작자는 없었다. 청소년문학 창작자가 없었기에 자연히 작품도 없었다. 그러기에 독자는 일반문학 가운데 청소년이 읽어도 무방한 것을 골라 읽어야 했다.

그런 까닭에 필자는 창작하는 틈틈이 청소년문학에 대한 이런 저런 글도 써야 했다. 청소년문학, 특히 청소년소설의 창작 방법은 물론, 작가 지망생의 작품도 읽고 선배 작가 자리에서 지적하는 글도 써야 했다. 그런 글이 대단한 의미가 있는 건 아니지만 응모자는 물론 작가 지망생에게도 유용한 면이 적지 않았다. 그래서 이 책에 실었다.

나아가 좌담 글도 여기에 실은 까닭은 내 생각뿐만 아니라 다른 분들의 생각도 고스란히 드러나기 때문이다. 좌담에 참여한 분들의 독립적인 글은 다른 자리에서 마련할 수 있지만 같은 주제를 놓고 여러 사람이 나눈 대화는 나름대로 의미가 있었다.

청소년문학을 이해하려면 청소년이 어떤 존재인지를 우선 알아야 한다. 그런 까닭에 청소년에 대한 여러 모습을 다각도로 짚어보는 글을 여기저기에 내보였다. 청소년에 대한 이해를 먼저 해야 청소년문학을 이해할 수 있다는 생각에서 그런 것이다.

청소년소설을 쓰려고 하는 작가 지망생은 물론 청소년소설을 직접 읽는 독자, 나아가 청소년소설을 이해하고자 하는 교사들에게 이 책이 도움을 주리라 믿는다.

2018년 봄 無山書齋에서

박상률

**박상률의
청소년문학 하다!**

ⓒ 박상률, 2018

초판 1쇄 인쇄일 2018년 2월 12일
초판 1쇄 발행일 2018년 2월 28일

지은이   박상률
펴낸이   정은영
주간   배주영
편집   최성휘
디자인   배현정 서은영
마케팅   이경훈 한승훈 윤혜은 황은진
제작   이재욱 박규태

펴낸곳   (주)자음과모음
출판등록 2001년 11월 28일 제2001-000259호
주소   04047 서울시 마포구 양화로6길 49
전화   편집부 (02)324-2347 경영지원부 (02)325-6047
팩스   편집부 (02)324-2348 경영지원부 (02)2654-7696
이메일   jamoteen@jamobook.com

ISBN 978-89-544-3830-8 (43800)

이 도서의 국립중앙도서관 출판예정도서목록(CIP)은 서지정보유통지원시스템 홈페이지
(http://seoji.nl.go.kr)와 국가자료공동목록시스템(http://www.nl.go.kr/kolisnet)에서
이용하실 수 있습니다.(CIP제어번호: CIP2018003717)